約束

平田豪成
Hideaki Hirata

論創社

目次

カバー写真　鈴鹿芳康

約束

一

私は子供の頃、一つ所に長く住んだことがなかった。十八歳で親元を離れるまでに九回引っ越しを経験した。そのせいだろう、数年住むと転居したくなる習性が二十代の頃には身についてしまっていた。

家族がバラバラに暮らしたり、一緒にいても本当に言いたいことを言い合わなかったりすることは、よくあることかもしれない。いや、むしろその方がごく当たり前の家族の姿なのかもしれない。でも、少年時代の私はもっと違った家族の形をもとめていた。

生まれて最初の二年間は母の実家に預けられていた。中国山地の山奥の旅館で、限りなく優しい祖母に育てられた。祖父の記憶はない。覚えている祖母は、能面の嫗のような老女の顔だった。どうやら私が祖母のイメージとして記憶していたのは、祖母が使っていた鏡台に掛かっていたカバーに描かれていた嫗の面だったようだ。

その頃、両親は大阪で働いていた。私の最初の記憶は、母が迎えにきて、大阪の両親の元へ連れて行かれた時のことだ。二歳になったばかりの私は優しい祖母との別れを嫌がっていつまでも泣いていた。母はそんな私をなだめるでもなく泣き疲れて眠るまで放っておいた。私は新しい庇護者は優しいおばあちゃんのようなわけにはいかないと本能で承知したようだ。手のかからない子だったと後に母から言われた。

小学生の頃、何度か母に連れられて里帰りしたことがある。その頃には祖母はすでに亡くなっており、旅館も人手に渡っていた。母と一緒に母の古い知人の家に泊めてもらったが、母と私のための布団が敷かれた部屋で、私はあの優しい祖母に再会した。嫗の面が描かれたカバーの掛かる鏡台がその部屋に置いてあったのだ。初めてそれを見た日は、眠ってしまうと祖母が鏡の向こうから現れて私を鏡の向こうに連れ去るような気がして、なかなか寝付けなかった。母の布団に潜り込んでようやく眠りにつくことができた。

鏡台は、その家の主婦が祖母の遺品として譲り受けたものだったということを、私の潜り込んだ布団で四肢を伸ばしてゆっくり息を吐きながら、母が独り言でもいうように呟いた。

中学二年まで大阪に住んだ。小学校五年の時に弟が生まれるまで、私は長いあいだ一人っ子だった。家にいる時間が短い父と、本好きの母との三人暮らしが十年続いた。

私の記憶にある最初の大阪の家は、狭い茶の間に母専用の本棚があった。父は真鍮やアルミなど非鉄金属の卸売業をやっており、朝早く出かけて、夜遅く私が寝入った後に帰ってきた。茶の間と襖で隔てた隣室の六畳が親子三人の寝室だったが、朝目覚めると、部屋中に独特のにおいが立ち込めていた。汗臭いおとなの男の体臭と酒臭い吐息の入り混じったにおいだ。父が本など読んでいる姿を一度も見たことがなかったが、母が本にひたることに父は干渉しなかった。

父が独立して商売をはじめたのは、朝鮮戦争の終わり頃らしい。その頃の好景気の名残が母の着物箪笥につまっていた。紬や友禅などそのころの私には区別のつかない色々な種類の着物がていねいにしまってあった。

父の商売は倒産と再建を繰り返した。仕事が行き詰まると、父はしばらくどこへともなく金策に出かけて、数週間も家に帰らないこともあった。借金の相手は、もっぱら軍隊時代（父は職業軍人として太平洋戦争終結まで十数年従軍した。中国大陸を転戦し、その後フィリピンへと派遣され、終戦時はマラリアにかかって軍病院に入院していた）の知り合いらしかった。

「お父ちゃん、どこ行ったん？」

「友達のとこ」

「どこの友達？」

「さあ、昔の友達やろ」

「昔の友達？」

「そうよ」

父の留守中、そんな会話を何度か私は母とした記憶があるが、その昔の友達というのが戦争中の軍隊仲間だったと私が知ったのは、いつ誰からだったのかの記憶は曖昧だ。後年になって父から直接聞いたのかもしれない。あるいは、数週間の不在から父が帰ってきて、父と母が寝物語に話しているのを、寝たふりをして聞いていたのかもしれない。

母は、父がいなくなると着物を抱えて質屋に通い、なんとか家計を保っていたようだが、あまり愚痴や不満を口にすることはなかった。母は父がいてもいなくても、茶の間や親子三人の寝室でよく本を読んでいた。本を読んでいる時の母は、静かに自分の中に座り込んで、周りには一切注意を向けなかった。そんな母があんまり静かすぎ、そのくせ目だけが異様に輝いていて、夢遊病にかかった人のようで、私は気味悪く感じることもあったが、父は家にいるときはいつも淡々としており、母に苦情を言うことはなかった。

父が母の読書癖に苦情を言わなかったのは、生活の苦労をさせている負い目からだと子供のころの私は考えていたが、それだけではなかったのかもしれない。

一九五九年に弟が生まれ親子四人の生活が始まってから、父の仕事がうまくいった時期はおそらく一度もなかったのではないだろうか。何度も引っ越しをした。引っ越すごとに、家財道具が減っていったが、母の本棚と私の勉強机はいつも移転先についてきた。

私は住む場所が都心から遠くなり家が古くさく狭くなっていくのはそれほど悲しくなかったが、すぐ別れなくてはいけなくなるかもしれないから友達を作ってはならない、と自分に言い聞かせるのが切なかった。

大阪での最後の引っ越しは、たしか一九六二年ごろだった。引っ越し荷物がうんと減った。私も机とカバンと教科書以外のこまごましたものは捨てていくように言われて、何冊かのお気に入りの本は教科書と一緒にカバンに詰めた。母の本棚は新しい住まいには届かなかった。あのときは本当に何もかも無くしてしまったような気がした。でも、まだそうではなかった。

引っ越してから三ヶ月たったころ、母と弟がいなくなった。ある日中学校から家に帰ると、母も弟もいず、だしっぱなしの卓袱台に白い封筒が置いてあった。母から私宛の手紙だった。家の用で母の実家のある中国山地の山里に帰る、弟は小さいから連れていくが、私は学校があるので、こちらに残りしっかり勉強しなさい、と書いてあった。一体いつまでそんな離れ離れの生活が続くのかは書いてなかった。

私は中学二年生だった。父に母が書いていた「家の用」とは何なのか聞かなかった。

聞いてはいけないような気がしたのだ。

大阪での私と父の二人暮らしはそれから数ヶ月続いた。父は家の外で酒を飲まなくなった。朝の独特のにおいがどこかへ消えた。毎朝、私の弁当を作ってくれた。朝早く起きて米を炊き、おかずはいつも卵焼きと魚肉ソーセージとキュウリの漬物だった。父は帰宅時間も以前より早くなり八時頃には帰ってきて、帰り道で買った惣菜をおかずにして私と一緒に夕飯を食べた。食事の後、二級酒の一升瓶から湯呑み茶碗に毎晩一杯だけ注いで、ゆっくりゆっくりと飲んだ。もともと言葉数の少ない人だったが、母がいなくなってからは、いっそう喋らなくなった。私の言葉に、必要な最少限の言葉を返すだけで、二人でいる大部分の時は黙ってラジオを聴いていた。そして時々、じっと私を見つめることもあったが、私のもの問いたげな目と向き合うとただ黙って目をそらせた。

私はそんな父が気の毒な気がしたが、父にはあまり喋りかけず、冷淡に接した。「お父ちゃんのせいやからな」と口には出さなかったが、母がいないことでの寂しさや不自由を父のせいにしていたのだ。父はそんな私の様子に腹を立てなかった。私には、そのことがなおさら父のだらしなさのように思えて、意固地な自分の檻に閉じこもった。

そして、中学三年になる少し前に私たちは父の実家がある広島県の瀬戸内海沿いの港町に移り住むことになった。持っていく引っ越し荷物は、母の最後に残った衣装箪笥と衣類を除いてはほとんどなかった。私の勉強机も置き去りにした。父の弟が経営する鉄工所の二階に住んで、父は叔父の仕事を手伝い、私は地元の中学校に転入した。私たちが引っ越してしばらくして、母と弟も鉄工所の二階にやってきた。半年ぶりだった。

二階には和室が一間と板敷きの洋室が一間しかなかった。父と母、三歳の弟が和室で寝起きし、洋室を私が一人で使った。

叔父の古い事務机と東京の大学に進学した従兄弟のベッドが私に与えられた。机の引き出しには古い伝票や、叔父のメモなどが残ったままだった。私がその机に向かうのは宿題をする一時間ばかりだけで、それ以外の時間はほとんどベッドで過ごした。寝返りをうつとギリギリ歯が痛くなりそうな音を立てるベッドで、本を読み、日記を書いた。親にも学校の先生や友だちにも、身近な誰にも話せずに心にたまっていく言葉を浮かぶまま書いていたような気がする。日記帳がわりの大学ノートはベッドの敷布団の下に差し込んでいた。毎晩遅くまで学校の図書館で借りてきた本を読んだ。

半年ぶりの母はまるで別人になっていた。大阪にいた頃の母は、本を読んでいないときには、明るくおしゃべり好きで年より若く見えた。引っ越してもすぐ近所に気のおけない主婦友達を見つけるのがうまかった。でも半年の間に母はまるで長患いをした後のように表情の乏しく口の重い人になっていた。身の回りに本を置くこともなくなった。

私もそんな母には話しかけづらく、母と向き合ってもなんだかギクシャクとした気持ちになって、母が留守中の話をすることもなかった。毎夜、私は夜更かしをした。深夜になると、隣の和室の物音に耳をすませたが、話し声は聞こえてこなかった。

一度だけ、母たちが来てひと月ほどした夜中の一時頃、ボソボソしたいつもの父の短い喋りが聞こえてきたことがあった。何を言っているのかはわからなかった。その父の声が聞こえなくなってしばらく何の音もしなかった。突然息が詰まったようなうめき声がし、続いて尾を引く鋭い声がした。鴉の鳴き声のようでもあった。一瞬だった。母の声だったと後で思ったが、そのときはおどろおどろしい夢の中にいる気がした。その声の後は深夜の静寂が続いた。

翌日の朝、いつものように朝食の支度をし、弟に食べさせていた母の様子に特に変わった様子は見られなかった。父は相変わらず無口に朝食をすませると、私が登校する前に出かけていった。前夜の怪しい声が耳にこびりついていたが、私は母に問うことはできず、言葉少なに家を出た。

「そらみみ、そらみみ、そらみみ」学校まで歩いていく間、何度も口のなかでそう唱え続けた。幸いそれ以降同じ声を聞くことはなかった。

半年間の母の不在がどういうことだったのか、母も父も私に話してくれることはなかった。あの日々にも、それ以降にも。私もその記憶を封印して忘れたふりをした。

この港町での生活は一年ほどで、私が高校に進学する年には、海岸沿いに二十数キロ離れた地方都市に引っ越した。父が、近隣の大手鉄鋼メーカーの下請けとして事業を始めたのだ。二階建ての二軒長屋で、一階に三畳の台所兼食事場所（ダイニングと呼ぶには狭すぎた）と六畳の居間、それに小さな内庭があり、二階に四畳半が二部屋あった。私には二階の一間が勉強部屋兼寝室として与えられた。真新しい机と小ぶりの本棚を父が買ってきてくれた。自分でオート三輪を運転して運び込んだ。その日の父は珍しく上機嫌で口数が多かった。

新しい街での暮らしが始まると、父は相変わらず無口だったが、叔父の仕事を手伝っていた時より母や私に言葉をかけることが増えた。何より私が嬉しかったのは、この家に引っ越してから、少しずつ母が昔に戻ってきているように感じたことだ。母の話し相手はもっぱら弟だったが、その弟とのやり取りで母の笑い声を聞くことが増えていった。それに、二階の母の衣装簞笥を置いた部屋に弟と二人でやってきて、隣の勉強部屋の本棚から私が少しずつ集めた本を取り出して読みふけったりするようになった。

二

一九六五年、私は十七歳、広島県の地方都市の高校二年生になっていた。町は幕末に老中筆頭を務めた徳川譜代大名の領地で、通った高校はその藩校だったことが自慢の県立高校だった。この藩校云々は、いつも在校生達の自虐ネタであった。そんなことを心から自慢にしている生徒は一人もいなかった。少なくとも私の周囲には。

ともあれ、その高校は地域では有数の進学校だった。私は成績こそ良かったが、できるだけ目立たないようにしていた。自分と自分の家のこと以外に関心を向けないようにしていた。母がまたいつ家からいなくなるか、いつも不安だった。母に心配かけぬように生活するように努めたが、私がどうあれば母は喜ぶのか本当のところ私には分からなかった。

学校の図書館から手当たり次第にアメリカの翻訳小説を借り出しては読みふけっていた。教訓めいた話のオチがなくて、ただひたすら主人公の行動をたどるような小説が好きだった。クヨクヨ考え込まないで、まず動いてみる。そんな話、そんな登場人物をその頃の私は求めていた。自分自身は一センチも動かぬままに。

大阪時代、アメリカの翻訳ミステリー小説の単行本や雑誌が母の本棚や家の中に散らばっていた。中学生の時、最初に読んだレイモンド・チャンドラーは、そんな母の雑誌の山にあった一冊に載っていた。「ヌーン街で拾ったもの」というサスペンス小説で、いろいろ人が出てくるが、中学生の私には、誰が悪人で誰が正義の味方か、読んでいる途中はもちろん、読み終わった後でもよくわからなかった。あまり説明しない文章で、登場人物の行動だけを目の前に見ているように書いてあった。なぜか、正義と悪の境があいまいなところ、文章の説明しないところ、が気に入った。筋はどうでもよかった。

自分も正義でもなく悪でもない、単純に仕分けされない人間、どこかわけの分からない人間になりたいと思った。自分で自分を変な奴だと思ったが、わけの分からない人間になって、母からあなたはよく分からない人だと言われたかった。それから何度か同じ作者の本がないかと母の蔵書をこっそりと調べたが、なかった。やがてチャンドラーの名も忘れていた。

一九六五年、レイモンド・チャンドラーと再会した。『大いなる眠り』というチャンドラーの長編第一作を偶然に高校の図書館で見つけたのだ。その本は地味な装丁の文庫本だった。

五月連休明けの月曜朝、二時限目は数学の時間だったが、教師が風邪で休み自習になっていた。私が図書館に行くと、度の強いメガネをした図書館係の女性職員のほかに閲覧する生徒は一人も見当たらなかった。本の背表紙を眺めながらゆっくりと歩いた。ふっと視線を移すと、誰もいないテーブルに文庫本が一冊ポツンと忘れられたように裏返して置いてあった。手にとって表紙を確かめると、レイモンド・チャンドラーの作品だった。「ふーん、こんな風に……」、と独り言が出た。

十月の半ば、朝の十一時頃だった。日は射さず、強い雨が来るらしく丘がくっきりと見えた。

（レイモンド・チャンドラー『大いなる眠り』双葉十三郎訳）

という一行目から、引き込まれた。その小さな本を手放せなくなった。そのまま椅子に座り夢中になって読みふけった。

「何勝手に読んどるんよ」責めるというより、何かをやりそこなった仲間に話しかけるようなおっとりと間延びした声がした。見上げると、同じクラスのAが私を見ていた。

「うふう」私が私立探偵フィリップ・マーロウの口癖を真似ると、

「おうよ、おもしろかろうが、もう返してくれんかのう」ニヤニヤしながらAは言った。

私は改めてAを見た。二年のクラス替えで同じクラスになったが、これまで話したことはない相手だった。幼い頃、囲炉裏でひどい火傷をして左足の先がないと、学年はじめの自己紹介で確か喋っていた。脇の下で体を支える杖を左手に持っていた。

「チャンドラー久しぶりなんや、まさかこんなとこにあると思わんかったんで、ついね、ごめん。」

「ええんじゃ、チャンドラー好きなんかのう」

「うん、……」私は、中学の時に初めてチャンドラーを読んだことを話そうかどうしようか迷った。母のことに話が及ぶのがためらわれた。

「ほうか、ほんなら俺らは今日から同志じゃ」そう言って愉快そうに笑いながらAは右手をひろげて突き出してきた。私はなんとなくホッとして握手した。AはS校探偵倶楽部に入れと私を誘った。真の探偵小説好きの愛好会だという。あとでわかったが参加者は、言い出しっぺのAの他には私しかいなかった。私はただ一人友達づきあいをしていたクラスメートのBを誘った。S校探偵倶楽部は私たちが卒業するまでこの三名でゆるゆると運営された。


Aの親が経営していたアパートにAも部屋を持っていた。その部屋に集まっては、読んだ小説の話をする三人組だった。小説以外にも色々その年頃の男子が興味のある話題を話しあった。まあ、女性がらみの話が多かったと思う。進路についての話はしない決まりにしていた。「野暮じゃろう」とAが言い、二人も同意した。家が酒屋をしているBが、ビールをこっそり持ってくることもあった。私のビール初体験だった。

Aはエドガー・アラン・ポーとコナン・ドイルが好きだった。超人的な推理能力のある探偵が見事に事件を解決する話がお気に入りで、口癖は「推理は論理的に正しくロジカルに行われないとダメ」だった。ロジカル、ロジカルと繰り返したが、『大いなる眠り』は気にいったようだ。

「チャンドラーはロジックよりリアリティじゃ。登場人物の行動のモチベーションを大事に考えておる。それも、まあ、アリじゃ」そんなことを言っていた。

長身のBはバスケットボール部に所属していた。強くも弱くもないチームだったが、Bには手頃なチームだった。Bが部活をする目的は女にモテたいだったから、充分にその目的は達していた。S校は生徒の三分の一しか女生徒がいなかったが、いつもBの周りには女生徒の姿があった。S校探偵倶楽部に加わったのは、私との付き合いからだったが、女の子との話題に私やAのウンチク話が役に立っていたようだ。

Aが図書館に『大いなる眠り』を返却すると、すぐに私が借り出した。最初の一行に感心したが、どのページにも私を羽交い締めにする描写が満載だった。物語のストーリーより、文章にひきつけられた。

主人公の私立探偵フィリップ・マーロウはじめ登場人物の心の動きを説明しようとせず、その行動だけを書いてあった。思わせぶりときわきわの表現だが私には魅力的だった。

「おかしな名前ね」彼女は唇をかみ、首をちょいとかしげて、ながし目で私を見た。それから、長いまつ毛を、頬に触れるくらい伏せ、舞台の幕みたいに、またゆっくりとあげた。

また比喩的な表現が華麗で、人によってはキザで鼻持ちならないと感じるかもしれないが、私ははまってしまった。

「いまのところございません」彼女は冷淡に答えた。微笑は歯と眉にひっかかり、落ちたらどこへぶつかるか迷っているかっこうだった。

時に大げさでしつこく感じるような比喩もあったが、その文体に力づくで慣れさせられてしまうようなところがあった。

目をさますと、口の中が自動車工の手袋をおしこんだみたいだった。

枕につけた顔はあお白く、目は大きくうつろで、旱魃《かんばつ》時の用水桶みたいだった。

学校の図書館にあったチャンドラー作品はすべて読んだ。チャンドラーの長編小説『さらば愛しき女よ』『高い窓』『湖中の女』『かわいい女』『長いお別れ』『プレイバック』は高校時代に読んだ。すべて図書館で借りて読んだかどうか確信がないが、そのころの小遣い事情からいっても大部分は図書館の本だったと思う。いずれにせよ地方の県立高校の図書館の蔵書にアメリカのハードボイルド小説がどれぐらいあるのが普通なのかは知らないが、私の通った高校のレイモンド・チャンドラー収集が充実していたことは間違いない。

きっと図書の購入担当の教員が隠れ反体制派で、学校の支配体制へのささやかな抵抗心がチャンドラー作品を集めさせたのだと、私たちは無責任に噂していた。


レイモンド・チャンドラーは、両親ともにアイルランド系（父はアイルランド系アメリカ人、母はアイルランド人）で、一八八八年にシカゴで生まれた。八歳のころ離婚した母に連れられてイギリスに渡り、二十代の前半までイギリスで生活した。

二十代の後半に母と同居しつつ、二十歳近く年上で人妻のシシーと付き合うようになり、やがて母の死後に二度の離婚歴のあるシシーと結婚した。

やっと四十五歳から作家生活を始めたが、最初の長編小説『大いなる眠り』を出したのは五十一歳の時だ。作家として脂の乗り切った五十代後半にハリウッドに招かれてシナリオライターもした。六十代の後半にシシーが亡くなるとアルコールに溺れ、自殺未遂をした。アル中状態は止まず四年後に七十歳で死亡した。

チャンドラーの生きた時代は第一次、第二次の世界大戦を経て、アメリカの覇権が確立していく時代だった。彼自身は第一次大戦に従軍してフランス戦線で危うく生き残っている。アメリカで住んだのはロサンゼルスはじめカリフォルニア州で、転居を繰り返した。

こんなチャンドラーの個人史を知ったのは高校時代ではない、もっとずっと後のことだ。中学時代、高校時代にこの人の小説を読み、その文体にひきつけられたのに格別な秘密の理由はない。ただ、面白かったのだ。自分の感受性にぴったりきたのだ。はまったのだ。

しかし、今にして思えばチャンドラーの文体は、少年期の両親の離婚とアメリカからイギリスという異なった文化環境への転居、濃厚なマザコンの匂い、という彼の少年時代の生育歴に色濃く影響されているに違いない。

また、二度の世界大戦を経て、アメリカの経済的な繁栄と、そのこととは裏腹なヨーロッパからの蔑視の時代に、アメリカ東部のエスタブリッシュメント社会に背を向けてアメリカ開拓時代の息吹が残るカリフォルニアに生活したことが大きく反映されているのだろう。

転居を繰り返した少年時代、母との別れと再会そして母への屈折した愛着、高度経済成長の時代（一方でエコノミックアニマルなどと馬鹿にされながら）に日本第二の大都会から広島県の地方都市に移り住んだこと。私がチャンドラーの独特のクセのある文体にひかれたのは、そうした似通った体験や生活環境によるところが大きかったのだろう。

一九六六年の春、高校三年になり、三人組もそれぞれの志望大学に向けての受験勉強が忙しくなってきた。それでも月に一度はAのアパートに集まって、受験勉強とは縁のない話で盛り上がった。ほぼ毎回のようにビールを飲むようになっていた。

私はチャンドラーを手に入る限り読み尽くし、ヘミングウェイの短編を読み始めていた。『われらの時代に（In Our Time）』（高村勝治訳）という短編作品集は、ニックというヘミングウェイ自身をモデルにした人物が何度も登場する自伝的な短編連作だが、それぞれの小説は受験勉強の合間に読むにはちょうどよい短さだった。ヘミングウェイの英文は構文がシンプルで英語の勉強にも良かったので、英語の原書も手に入れていた。

ニックが一番最初に登場する「Indian Camp」（「インディアンの部落」）をその時英語の原文と日本語訳を比べながら私は読んでいた。

「he felt quite sure that he would never die はどう訳す?」私は「Indian Camp」の結末の文章を日本語に訳してくれと二人に言った。Bがバスケットボール部の女子マネージャーの話をしていた後で、何も予告せず突然だったので、AもBも探るような目つきで私を見た。私は素知らぬ顔をしていた。

「なんじゃ、過去問にでもあったんか」Aが口にくわえたガマガエルを早く吐き出したいような顔つきで早口に言った。

「いいやあ、そうじゃあない。ええから、考えてみて」

「もう一回言うてくれんか」Bが言い、私はゆっくりと繰り返した。

「彼は、……自分は、死なないだろうと……とてもはっきり感じた」Bは私を見つめながら言った。

「うん、そう思うか?」私は少し笑いながら言った。苦笑いだった。自分の疑問に自分で、どうでもいいじゃないかと感じたのだ。

「なんや、何考えとるんよ」Aがいつものゆっくりした口調に戻って言った。

「would never die の would がどうゆう役割してるんか、ようわからんのや。単なる推測なんか、それとも意志を表してるんか。死なないだろう、と訳したら推測やろ。でも意志やったら、絶対死ねへんぞ、みたいな訳になるやろ。そこがわからへんのよ」私が言うと、二人は顔を見合わせた。そして、二人とも真面目な顔をして私を見た。次の瞬間には二人とも笑いながら私の脇の下をくすぐっていた。「やめんか、やめんか」私も笑いながら叫んでいた。Bはすぐやめてくれたが、Aは右手一本で私の左脇をしつこくくすぐった。

「降参、降参、これへミングウェイの Indian Camp ゆう小説の結末の一行なんよ」私がそう言うとやっとAは私を解放してくれた。

「なるほどなあ」Bが言った。

「うん」私が言った。

「らしいのう」Aが言った。

「Indian Camp」(「インディアンの部落」)はあの初めて読んだ時からずっと心のどこかで気にかかっていた小説だ。ノーベル文学賞をもらった高名な作家については、日本の地方に暮らす高校生にも余分なほどたくさんの情報が与えられていた。だから先入観で、ヘミングウェイは意志の作家だと思っていた。だが、この作品はなんだか微妙に意志を貫く話に読み取れなかった。よくわからなかった。短い話の最後に、he would never die となぜ書いたんだろう? 意志なんだろうか、それとも嫌だ嫌だという気持ちなんだろうか? 自分に対する予言か宣告のつもりなんだろうか?

この文章を書いた三十年後に、ヘミングウェイは猟銃自殺した。

今の私があの頃の自分のこだわりを解くとしたら、こんな風になる。

「インディアンの部落」はシンプルな構成の小説だ。二つの価値を静物画のように対比して描いている。白人とインディアン、男と女、父と息子、生と死、そして、自然と意志。作者はこのいくつかの二項対立を、白人、男、父、生、意志の側に立って描こうとしている。だから、would never die の would は意志と考えるのが順当だと思ったが、迷った。この作品の中に二項対立に収まらない要素があるからだ。それはジョージおじさんの存在だ。ジョージおじさんは全ての二項対立を無化するように配置されている。このおじさんが謎だった。

ジョージおじさんが登場しておらず、白人の医師が、難産のインディアン女性の帝王切開を麻酔なしで行い成功させたが、同じ部屋で怪我をして寝ていたインディアンの夫がその間に自殺し、そのすべてを医師の息子が立ちあい見ていた、というだけの話なら二項対立でスッキリと読み取れたはずだ。最後の文章も、少年が意志の力で生きていく人生の指針を得たエピソードとして読めたはずだ。

ジョージおじさんは父（医師）の弟とも母の弟とも書いていない。何故一緒にいるのかも書いていない。何故ジョージおじさんが必要だったのか？

インディアン女性の産んだ子供の真の父親はジョージおじさんだった、という解釈もあるようだが、そんな深読みも含めて、ジョージおじさんはこの作品のどのような解釈も突き放す謎のような存在として描かれていると思う。

ヘミングウェイは男の論理性や倫理性、意志の力をくっきりと描くが、実はいつもどこかで「本当にそうか？」と疑っていたのではないだろうか。論理や倫理では割り切れない世界の深さをいつも気にしていた。それは家族への愛着や、裏腹な反発のような感情の原点にあるものであり、いわば母の視点だ。その視点を、この作品の場合は謎のジョージおじさんが象徴しているように思うのだ。

無駄な修飾語を廃した簡潔な文体で、ハードボイルドを冠した文学エコールの始祖とされたヘミングウェイが、実はその心中にウェットでセンチメンタルな母性への憧れを隠し持ち、それをあえて押さえつけるために選んだのが、あの一文を短くし、修飾語をできるだけ省いて文章の湿度を下げた文体だった、と私は思っている。

アーネスト・ヘミングウェイは一八九九年、医師の父と音楽好きの母の長男としてシカゴ郊外に生まれた。父は幼い時から、ヘミングウェイに魚釣りや狩猟を教え、十歳の誕生日に猟銃を与えた。

ヘミングウェイは生涯にわたって、激変する時代の中で、自分の体験を振り返り続けた作家だった。自伝を書く、自分の歴史を語るとは、自分にとっての真実（体験の意味）を、どこまでが事実（リアル）でどこまでが創作（フィクション）かわからぬところまで書き尽くすことだ。そういう意味でヘミングウェイは、本質的に自伝作家だったと私は思う。

子供時代を振り返るヘミングウェイの短編小説に父親は出てきても、母親は一箇所、「医者（父）の妻」として短く出てくるだけだ。小さい頃のヘミングウェイは、母によってまるで少女のようなヘアスタイル、衣装を着せられていたらしい。何かの本で見た記憶があるが、幼児期の写真は本当に女の子のようだった。

チャンドラーとは全く逆の方向からだが、ヘミングウェイからもマザコン少年の母を恋しがる声が聞こえる。チャンドラーは母に近い年齢のシシーに生涯焦がれつづけたが、ヘミングウェイは次から次へとベターハーフを求め続けた。どちらも生涯かけて理想の母の面影を探していたのではないだろうか。ヘミングウェイにとっての理想の母は、いわば無い物ねだりであり、現実の母の記憶とは対極にある文字通りこうあってほしい母の像だったのだろう。

一九一七年に第一次世界大戦への従軍を志して兵役を志願するも、父の反対にあい断念。翌年赤十字の医療用車の運転手としてイタリア戦線に従軍し、脚部銃創によりミラノ陸軍病院に入院、アメリカ人の七歳年上の看護婦と熱烈な恋愛をした。この体験が後に『武器よさらば』に生かされる。この恋は別れに終わったが、それ以後四度結婚し、三度離婚した。

一九二一年に結婚した最初の妻ハドリーは八歳年上でカナダの新聞特派員だった。二十歳近く年上のシシーに惹かれたチャンドラーほどではなかったが、ヘミングウェイも若い頃に随分年上の女性に惹かれている。ハドリーとはパリでの文学修行時代を共にしたが、一九二五年処女長編『日はまた昇る』執筆前後の時期にヴォーグの記者ポーリーン・ファイファーと恋愛関係となり、一九二七年にはハドリーと離婚し、ポーリーンと再婚した。

一九二八年にフロリダのキーウェストに転居。同年父がピストル自殺した。一九二九年『武器よさらば』で流行作家となり、狩猟や闘牛への旺盛な興味で知られるようになる。

一九三六年スペイン内戦が始まると、スペイン共和国政府（人民戦線政府）に私費で四万ドルを寄付し、翌年から何度かスペインに特派員として渡り、現地でやはり特派員をしていた作家のマーサ・ゲルホーンと恋愛関係に。一九四〇年スペイン戦争を舞台にした小説『誰がために鐘は鳴る』を書いた。同年、ポーリーンと離婚して、マーサと再婚し、翌年キューバに移住した。

一九四四年連合軍のノルマンディ上陸作戦に特派員として同行した。マーサとも一九四五年離婚し、翌年タイム特派員のメアリー・ウェルシュと再婚した。

一九五二年『老人と海』出版、一九五四年ノーベル文学賞受賞、一九六一年アイダホ州ケチャムの自宅で猟銃自殺した。六十二歳だった。

こうやってヘミングウェイの生きた跡を辿ると、まさに劇的な人生だ。チャンドラーから約十年遅れでほぼ同じ時代、戦争と革命の二十世紀を生きた。幾度もの戦争への参加と離婚、再婚を繰り返している。

二十代のはじめ、第一次大戦後のパリに最初の妻ハドリーと渡り、新聞社の特派員をしながら文学修行をした。その時代に先輩作家のガートルード・スタインから言われた言葉「あなたたちはみんな、ロスト・ジェネレーションなのよ」、をエピグラムにして最初の長編小説『日はまた昇る』を出版した。いわば本格的な作家デビューだった。

だが、私生活はぐちゃぐちゃだ。この本の印税をすべて払って糟糠の妻ハドリーと離婚し、二番目の妻ポーリーンと再婚、パリからフロリダのキーウェストに引っ越した。キーウェストにヘミングウェイは約十年住んだ。

以後も離婚と再婚を繰り返し、結婚相手以外にも恋愛相手はいたようだ。自分の想像の中だけの理想の母に重なる理想のベターハーフを求めても、永遠に叶えられることはないだろう。そもそもそれは無い物ねだりなのだ。

「インディアンの部落」に描かれた父は、マッチョな「アメリカのお父さん」であり、そのマッチョな姿がヘミングウェイの理想の男性像だったかというと必ずしもそうではない気がする。そこにいない理想の母を求め続ける心の声を自分に禁ずるために、父親の像を意志してなぞろうとしたのがヘミングウェイであった、と私は思う。

私は「インディアンの部落」を皮切りにヘミングウェイにはまっていった。ヘミングウェイは、無口に荒野を歩んでいく父性的男性像を自らの理想としながらも、心中深く母性への憧れ（こうあってほしい母親像）を隠し持ち続けた。私も自分の中に同じ傾きを感じていた。その心中の憧れを決して悟られぬようにすみずみまで配慮したのがヘミングウェイの文体だ。私のための文体のように感じた。チャンドラー以上にのめり込んだ。

「インディアンの部落」でヘミングウェイにはまった私は、続いて長編第一作の『日はまた昇る』を読んでさらに深みにはまった。『日はまた昇る』のなかにヘミングウェイの生涯のテーマはすべて盛りこまれている。激しい時代の波の中で出会い、必ず自然に復讐される不可能な恋。男同士の友情と反目。（闘牛という）生と死が向き合う演劇的空間。この世に存在する限り逃れられない深い喪失。そういうヘミングウェイの小説らしい舞台装置がすべて揃っている。また、彼の特徴ある文体もほぼ完成している。

主人公二人の恋の不可能を早々に感じさせるシーンでの会話の妙。（主人公は戦争で負傷し、不能になっていることを後で匂わせる）

ブレットの顔は仄白《ほのじろ》く、ランプの炎の明るい光に、その長い首筋が浮かびあがった。道路がまた暗くなったとき、彼女にキスした。ぼくらの唇はきつく重なり合った。が、次の瞬間、ブレットは身をよじって、できるだけ離れようとするようにシートの隅に身を押しつけた。頭は力なくたれていた。

「さわらないで」彼女は言った。「お願いだから、さわらないで」

「どうしたんだい?」

「耐えられないのよ」

「でも、ブレット」

「だめ。わかってるでしょうに。あたしには耐えられないの。ただそれだけ。ああ、ダーリン、お願いだから、わかって!」

「愛しちゃいないのか、ぼくを?」

「愛しちゃいない?　あなたにさわられただけで、あたし、体中がとろけてしまうくらいなのに」

「ぼくらにできることが、何かないのかな？」

（ヘミングウェイ『日はまた昇る』高見浩訳）


主人公が友人と釣りに出たシーンの会話では、男の友情についてのヘミングウェイの考え方がよく出ている。友とは、率直に、そして深い恥じらいを秘めて語り合うのが良いと。


ぼくは目を閉じた。地面に寝そべるのは気持ちよかった。

「なあ」ビルが言った。「あのブレットとの件は、どういうことだったんだ？」

「どういうこと、というと？」

「本気で愛し合ってたのか？」

「ああ」

「どれくらいのあいだ？」

「かなり長いあいだ、断続的に」

「なんとねえ！」ビルは言った「悪いことを訊《き》いちまったな」

主人公と友人ロバート・コーンとの印象的な喧嘩のシーンもある。

「絶対に言わせてやるぞ」——一歩前に詰め寄ってきた——「このポン引き野郎」

ぼくが殴りかかると、彼は身をかわした。灯りの下で、彼の顔がすっと横に逃げるのが見えた。次の瞬間、ぼくは一発くらって歩道に尻餅《しりもち》をついた。立ちあがろうとすると、またも一発。ぼくは仰向《あおむ》けにのけぞって、テーブルの下に倒れた。

若き闘牛士に仮託して、演技的な動きを禁欲することで一層濃厚に生と死のドラマを感じさせるというヘミングウェイ流の闘牛論を主張する。

ロメロは体をひねるようなことは決してしない。その体の動きは常に直線的で、純粋で、自然だった。他のマタドールたちは、両肘《りょうひじ》をあげて、コルクの栓抜きのように体をよじり、牛の角が通過してしまってからその腹に覆《おお》いかぶさるようにして、あたかも危険に挑んだかのように見せかける。

主人公の喪失感を感じさせる文章には事欠かない。ちょっと気取って、まるで恥じらうように書いている。

昼間なら、何につけ無感動《ハード・ボイルド》をきめこむのは造作もないことだ。が、夜になると、そうはいかなかった。

「ああ、ジェイク」ブレットが言った。「二人で暮らしていたら、すごく楽しい人生が送れたかもしれないのに」

前方で、カーキ色の制服を着た騎馬警官が交通整理をしていた。彼は警棒をかかげた。タクシーは急にスピードを落して、ブレットの体がぼくに押しつけられた。

「ああ」ぼくは言った。「面白いじゃないか、そう想像するだけで」

一九六〇年代前半、中学生の頃にチャンドラーの文体に出会い、一九六六年、高校三年でヘミングウェイの文体に出会った。この二人の作家のそれぞれ個性的な文体との出会いは私にとって宿命のようなものだったと思う。出会うべくして出会い、離れられないという意味で。

ヘミングウェイはスペインと縁が深い、心からスペインを愛した作家だ。『日はまた昇る』は、主人公たちがパリからスペインのパンプローナに、「牛追い祭り」（サン・フェルミンのフィエスタ）を見物に行き、不可能な恋に振り回される話だし、第二次大戦中に発表され様々な論争を生んだ話題作の『誰がために鐘は鳴る』は、一九三六年に始まり、第二次大戦の前哨戦ともなったスペイン戦争を舞台にした恋物語だ。恋と戦争、生と死に引き裂かれるようにして、それでも最後の瞬間まで引き裂かれた世界を生き抜こうとする主人公を描くのに、この当時のスペインほど格好の舞台はなかったろう。スペインで作家が魅せられた闘牛についての著作も多い。

私のスペインへの一途な恋着はヘミングウェイを通して高校生時代に植えつけられた。

三

満州事変が関東軍の謀略により惹き起こされた一九三一年に生まれた堀川正美は、一九六四年刊の第一詩集『太平洋』所収の詩「新鮮で苦しみおおい日々」で「時代は感受性に運命をもたらす」と詠った。

文体は、もの書く人のアイデンティティだ。その人の精神の奥に流れる水脈が時代の潮流と出会って、その人ならではの言葉の流れを形成する。

満州事変から続く戦争と動乱の時代に少年期を送り、敗戦後の混乱の中で青春期を送った堀川の「時代は感受性に運命をもたらす」は、まさにそのことを詩句にした。時代と感受性が出会って、宿命の文体が生まれることを宣言している。

共通の時代を生きても人はだれも固有の体験しか生きない。そして、体験を振り返るその人特有の癖のようなものが、長年の間に神経細胞の独特の伝達経路を作り上げていく。同じ時代を生きてもその人にしか感じられない特有の感受性を形作っていく。この固有の感受性が言葉を選んで自分と世界との関係を語り出したものが文体だ。堀川正美の「時代は感受性に運命をもたらす」という鮮烈なフレーズとの出会いは一九六七年前後の時期だったと思う。この頃に私と時代との宿命的な出会いがあり、この言葉に背中を押されるようにして時代の奔流の中に入っていったのだった。

一九六七年三月、三人組の三人皆の進学先が決まり、卒業が近づいたある日、いつものAのアパートではなく、昼間からBの部屋に集まって酒盛りをした。Bの家族はそろって外出しており、Bは仲間を呼んで留守番しつつS校探偵倶楽部の最終会合をすると、親を説得し小遣いをせしめていた。その金で、つまみを買ってきて、売り物のビールを三人で一箱飲んでしまった。Bの親たちが帰ってきた時、私たちは犯行を隠すこともせず、ただ眠りこけていた。Bはそれまでのビール盗み飲みを白状させられる羽目になり、三人正座させられて油を絞られた。

四月には、十八歳の私は瀬戸内海に面した地方都市から、大阪の大学の法学部に入学し、大学近くの丘陵地帯に開発された住宅街で、生まれて初めての一人暮らしを始めた。最寄りの駅から五分ほど登った、なだらかな坂道のちょうど真ん中あたりに建つ教会に付属する賃貸アパートだった。細長い洋風建築で、もともとは信徒の青年や修行中の聖職者のための青年寮だったと聞いた気がする。

Bも同じ大学の経済学部に入り、同じアパートに入居した。だから、人生初の一人暮らしとはいっても、特別な気負いはなかった。Aは仙台の大学に進学していた。このアパートは大学の学生部前にはりだしてあった入居者募集の張り紙を見て、Bと二人で下見して決めた。

私がそこに決めたのは、下見に行った時、その教会にスペイン人の神父がいたからだった。高校三年の時からはまっていたヘミングウェイを通してのスペイン熱が続いていたのだ。宗教にはまったく興味も関心もなかった。ただスペインの話、ヘミングウェイの話をスペイン人の初老の神父から聞いてみたかったのだ。

結局そんな機会はなかった。それでよかったのだ。

入居してしばらくした頃、教会の食事の世話やアパートの管理をしていた日本人のおばさんから、神父の話を聞いた。おばさんの話では、その毛深い固肥りの神父は、一九三〇年代に二十代で中国の南部に渡り、布教活動をしていたが、一九四九年に共産党が政権をとって中華人民共和国が成立すると、すべての教会財産を没収された上で、国外追放になったという。極端な左翼嫌いの神父だったのだ。それに、そもそもスペインのカソリック教会はスペイン共和国政府（人民戦線政府）の敵でありフランコ反乱軍の友であったから、もし神父と話す機会があったとしても、人民戦線政府を応援したヘミングウェイのことを、スペイン人神父が良く言う訳はなかっただろう。

神父は無口で頑固そうな人だった。それでよく布教ができるなと思うほど、私たち若い大学生と接しても言葉少なだった。日本語があまりできないということもあったかもしれないが、私には何か自分の周囲にバリアーを作っているように見えた。

Bは今回も私に合わせてくれたが、ここに決めたのは、管理人のおばさんに二人の年頃の娘がおり、その娘たちとの交際の可能性を計算したせいもあったようだ。

「おばさんは娘をダシにして、俺たちアパート住まいの学生に信仰を広めようとしてるんやで」安い国産ウイスキーを車座になって飲んでいたある夜、私の隣の部屋の一学年上の男がそう言って笑った。アパートには五人の大学生が住んでいたが、皆何度かミサに誘われていた。おばさんの娘たちは、二人ともそこそこの器量で、姉娘は大阪市内の短大に通い、妹娘は一駅離れた高校に通っていた。二人とも教会の青年部の熱心な会員で、いろいろなイベントの企画に私たち学生を誘った。

私はおばさんの誘いに乗って、一度だけそうした企画に参加した。神父と個別に話す機会はなかったし、その時に、おばさんから神父の中国体験を聞いて、それ以後は誘われても参加しなかった。Bは何度か参加したが、教会の青年部の結束力の前に、引き下がった。最後に参加した後で、成果を聞く私に「とても、あの連中の会話には入っていけんのよ」そう言って苦笑いした。Bもそれっきりおばさんの誘いをスルーするようになった。

一九六七年十月八日、大阪の服部緑地で、私の大学の法学部の一年生男子十名と神戸のお嬢様大学で知られる女子大の一年生女子十名とが合ハイをした。合ハイ（合同ハイキングの略称）と言っても今の若い人にはわからないだろうが、その時代の正しい男女交際の発端の一つだった。男性グループと、女性グループが、一緒にどこかに遊びに行く。ただそれだけのことだが、一種の集団お見合いみたいなものとして大学生の間で流行っていた。

順番に参加者全員の自己紹介が終わった後は、男女が入り混じって、数名ずつの小集団がいくつかできていた。ちょうど近隣のアメリカンスクールの幼稚園部の子供たちもハイキングに来ていて、一部の学生はその引率のアメリカ人幼稚園教諭たちとの英会話で盛りあがっていた。

私も確かにその集団の中にいた。クラスメートの誰かに誘われて参加したはずだ。女子学生やアメリカ人幼稚園教諭との会話にも加わっていただろう。でも、そこでの会話の具体的な記憶はない。

誰かがトランジスターラジオを持ってきており、耳にイヤホンをさしっぱなしにしていた。

「おい、おい、羽田が大変なことになってるぞ」その場にそぐわない緊張した声とともに、イヤホンが抜かれた。甲高いアナウンサーの声がした。何か叫ぶようにしゃべっている。

あの日、羽田空港で当時の佐藤栄作首相の南ベトナム訪問に反対する学生デモが行われることは知っていた。「アメリカの忠実な番犬として佐藤首相が南ベトナムに行けば、日本のベトナム戦争加担はより具体的に進行する。だから、日本のベトナム戦争加担反対の意思表示をしよう」と、「佐藤訪ベト反対闘争」に参加するよう私も誘われていた。しかし、合ハイとデモの二つの誘いのうち、私が選んだのは合ハイだった。私を含めて数名のクラスメートがトランジスターラジオをはさんで聞き耳を立てた。

羽田デモの第一報を、私は羽田から遠く離れた服部緑地で聞いたが、記憶は奇妙に歪んであちこち抜け落ちている。ラジオの速報を聞いて以降の合ハイの記憶も、アパートに帰ってからの行動の詳細もよく覚えていない。激しい羽田デモの中で、デモ隊の一人、十八歳の京大生山﨑博昭が亡くなった。それを知ったのがいつだったのか、服部緑地のラジオでだったのか、アパートに帰って夕刊で知ったのか、覚えていない。

あの日私が感じた屈折した気持ちをうまく説明することができない。それは恥の意識だったかもしれない。山﨑たちが激しく闘っていた時、自分が服部緑地で見知らぬ女子学生たちとの会話にうつつを抜かしていたことを恥じたのかもしれない。それとも、自分が羽田に行かなかった、やるべきことをしなかったという罪の意識と、そのせいで「ノアの方舟」に置いていかれるような重い罰を受けることになるという気持ちに捉えられたのかもしれない。極端から極端に跳ぶような思考や感情の飛躍があった十八歳のあの頃の気持ちを正確にたどることはできないが、あの日からほどなく、私は熱心な学生運動の活動家になっていた。

まず、大学に上る坂道でビラを撒いている薄汚れた服装の学生に声をかけて、彼らのたまり場となっていたあるサークルの部室を訪ねた。ビラがそこら中に散らばった部屋で、日本政府、アメリカ帝国主義、ベトナム戦争、革命、といった言葉が混じり合った生硬な話を聞かされた。話は少しも面白くなかったが、話している男が話すほどに興奮して早口になるのが面白くて少し笑った。するとその男はそれまでと別人のような笑顔を返してくれた。私が彼にとって初めてのオルグ（政治的主張で仲間を作るための説得）対象だったのだ。

その日の数日後には御堂筋でのデモに初参加していた。生まれて初めてのデモは、スクラムを組んで、自分の自由に動けぬままに、メガホンを持ってデモ隊の側を歩く男の叫びに続いて「ゆるさないぞー」とか、「たたかうぞー」とか叫ぶだけだった。つまらなかった。不自由が苦しかった。もっと自由に動きたいと思った。それでも、懲りずにデモには呼ばれると参加した。いつの間にか、デモを呼びかける側に入っていた。

一九六七年の十月八日以降に学生運動に入り込んでいった私のような学生の気持ちを言い表すのに、まもなくマスコミが「十・八ショック」という言葉を使うようになった。十把一絡げにくくられるのがとても嫌だった。腹立たしかった。自分の思いに忠実に従っているだけだと思っていたからだ。

時は狩れ
存在は狩れ
いちじるしく白んでゆく精神は狩れ
意志の赤道直下を切り進むとき
集会のなかに聞き耳を立てている私服刑事の
暗い決意のように直立する
地球の突然の生誕の理由
描かれない精神の地図
中断された死者の行為の色
やさしく濡れてくるシュプレヒコールの余韻
雨はまた音たかく悲怒を蹴り上げている
アスファルトを蛇行するデモ隊の
ひとつの決意と存在をたしかめるとき
フラッシュに映え　たぎり落ちる

充血の目差しを下に向けた行為の
切断面のおおきな青！

ひと息ごとに遠のいてゆく歩道の経線を追い
同志の死を報じた新聞を抱かえ急ぐ
黙然と秋の日射しの距離を測っている
休日の公園の小砂利は
力なく広がり　午後
ふとぼくは耳元の声を聞いたようだ
――なにをしている？　いま
ぼくの記憶を突然おそった死者のはにかみのくせ
鋭く裂ける柘榴の匂いたつ鈍陽《にびひ》のなかで
永遠に走れ

たえざる行為の重みを走れ
軌跡は虹のように彼岸をめざす
ゆるく撓みゆく精神をひろげ
親指が深く掘りこまれたテーブルの花模様をなぞるとき
頭から崩れきて
悲歌は背筋を這う
夜深
血ぬぐう十指のひらくビラは乾き
咽喉仏は細くしまる
磁器重く揺れる緑茶の
あおい円周に沿って眠る光

ああ　橋
十月の死

どこの国　いかなる民族
いつの希望を語るな
つながらない電話や
過剰の時を切れ
朝の貧血のまわる暗い円錐のなかで
心影のゆるい坂をころげくるアジテイション
浅い残夢の底
ひた走る野
ゆれ騒ぐ光は
耳を突き
叫ぶ声
存在の路上を割り走り投げ
声をかぎりに
橋を渡れ

橋を渡れ

（佐々木幹郎「死者の鞭」より）

佐々木幹郎の「死者の鞭」という長編の詩は、一九六七年十月八日に私が感じた屈折した気持ちを思い起こさせた。

佐々木は山﨑博昭と同じ大阪の高校で、二年生の時の同級生だったが、一九六七年には浪人生であり、十月八日の羽田には参加しなかった。翌一九六八年京都の大学に入学すると、死んだ山﨑博昭が参加したのと同じ学生運動の党派のデモに参加し、同じ党派のデモに参加していた私とも顔なじみになっていった。

当時、山﨑や佐々木の出身高校は大阪でも指折りの進学校であると同時に学生運動の活動家を数多く輩出していた。広島の地方高校から大阪の大学に進学した私などから見ると、大阪の高校出身者は違うなあ、なんだか活発で向日的な印象だなあ、と感じていた。

その佐々木が、一九六八年山﨑博昭を追悼する「死者の鞭」という詩を書き、一九七〇年には同題の詩集が出た。私が最初に「死者の鞭」という詩を読んだのがいつかは、もうはっきりとは思い出せないが、一九六八年に私と佐々木が同じ党派のデモで何度か出会った頃のことだったろう。「死者の鞭」を読んで、自分の屈折した気持ちを思い起こすとともに、佐々木が山﨑博昭の死から、私以上に強いメッセージを受け取っていたことを知った。私のなかで、佐々木幹郎の印象に濃い陰影がついた。

羽田のデモ以降、デモ隊の学生を政府やメディアは「暴力学生」と呼び始めた。山﨑博昭は別のデモ参加者が警察の装甲車を運転し、誤まって轢殺したのだと警察は発表した。暴力的なデモをし、あげく仲間を轢き殺したというわけだ。大手メディアはこの警察発表を広めた。

しかし、当時から、いや、あれは一九六〇年の第一次の日米安保条約改定時の国会突入デモで亡くなった樺美智子さんと同じく、機動隊員が警棒で撲殺したのだと主張する人々もいた。しかし、真相は闇の中に葬られた。轢殺犯人として警察が逮捕した学生たちは誰一人起訴さえされなかった。

佐々木幹郎は二〇一四年に「10・8山﨑博昭プロジェクト」をたちあげた発起人の一人だ。「10・8山﨑博昭プロジェクト」は一九六七年十月八日を振り返る二冊の本を出版した。「かつて10・8羽田闘争があった（寄稿篇）」（二〇一七年一〇月八日第一刷発行）と「かつて10・8羽田闘争があった（記録資料篇）」（二〇一八年一〇月八日第一刷発行）の二冊だ。この二冊が五十年ぶりにあの日の羽田を過ぎた時間のモザイクを埋めてみせた。山﨑博昭の十八年の人生の意味と、あの日の背景や反響を含めての全貌を、様々な資料をコラージュして描いてみせた。

歴史を振り返る時、歴史の現場にたちかえって、すべての事実や情報をそろえることはできない。過去はもうない。すべてのピースを集めることはできない。かぎられたピースで自分なりにモザイクの全体像を想像して完成させるしかない。それはとても主体的な当為だ。自らの判断を選ぶということだ。

当時も今も、私は一九六七年十・八のデモ隊の側にこそ、歴史の必然、歴史の真実があったと判断している。自らの軀を矛にも盾にもした行為の突出にこそ意味があったのだと思っている。

あの事件の直後から始まったメディアの「反暴力学生キャンペーン」に対しては、そうではないよとデモの正当性を主張するよりも、「暴力学生たあ、俺っちのことよ！」とふざけてみせるのが、当時のデモ参加者の気持ち、いやいやもっと正直に言ってしまえば私の気持ちに、マッチしていた。

急激に学生運動にのめりこんでいく中で、どんなに批判され、「暴力学生」とか「政治的不良」と呼ばれようと苦にならなかった。「暴力学生、ヨシ！」「政治的不良、異議ナシ！」と叫びたい気分だったのだ。

この時期に私は大人の不良にめぐりあった。谷川雁である。めぐりあったといっても直接会ったというわけではない。彼の文章に共感し、言葉の背後に見える人格にひかれたのだ。

谷川雁は一九二三年に生まれた。チャンドラーより三十五年、ヘミングウェイより二十五年ほど遅く生まれている。第二次大戦（太平洋戦争）に従軍した。学徒兵として出陣する前の壮行会で「たとえ奴隷になっても寓話ぐらいは書けるだろうではないか。

イソップは奴隷だった」と演説したり、軍隊時代は上官に逆らって営倉送りになったりしたエピソードが知られている。当時としては、相当突っ張った若者だったのだろう。

戦後は詩を書き、共産党に入党し、二十代で結核を発病し、三十代前半までその療養をしつつ文筆活動で注目された。

三十五歳から雑誌「サークル村」を拠点に詩や評論を書き、労働運動や農民運動と結びついた文化運動を九州で組織した。一九六〇年、三十七歳の時には、「私のなかにあった『瞬間の王』は死んだ」と詩作をやめる宣言をして、それ以降、労働運動、政治運動の組織者としての活動に集中した。

六〇年安保闘争以降の日本の左翼運動の閉塞を打ち破る存在として多くの人に影響を与えたが、一九六六年、四十三歳で左翼的な労働運動、政治運動から離れ、物語を通じた児童教育の企業を創業し、その企業活動を組織した。

一九九五年、肺がんのため七十一歳で逝去。

谷川雁は生き急いだ人だ。

二十代の初めには自分なりの生きる根拠、大事にすべきこと（優先順位）が定まっていたようだ。生涯、他人からの評価や批判を恐れなかった。だから、人生上の深刻な決断も、周りから見ていると、「ええ、なんで今？」ということが何度もあったが、本人には一切の躊躇や逡巡はなかったように見える。

生きる根拠が決まっている。他人の評価を恐れない。決断の潔さ。これらすべて、大人の不良がカッコよく生きるための指針だ。谷川雁は、私が学生運動に深入りし始めた一九六八年には、もう不良を卒業していたが、私には大人の不良のモデルだった。評論でも詩でも、ちょっとカッコつけ過ぎ。でも十九歳の私はまたしてもはまってしまった。

一九五四年の「原点が存在する」という短いエッセイはそんなカッコいい谷川雁文体のてんこ盛りだ。

けだし詩とは留保なしのイエスか、しからずんば痛烈なノウでなければならぬ。

「段々降りてゆく」よりほかないのだ。飛躍は主観的には生《原文ママ》れない。下部へ、下部へ、根へ根へ、花咲かぬ処へ、暗黒のみちるところへ、そこに万有の母がある。存在の原点がある。初発のエネルギイがある。

私達は未来へ向けて書いているのではなく、未来へ進む現在へ向けて書くのだ。偶像を排除せよ！

谷川雁もチャンドラーやヘミングウェイと同様に、父より母へのこだわりが強い人のようだ。上記の引用でもわかるように、存在の原点には母性があると宣言していた。谷川雁の大人の不良三つの指針は、男性的で、女にもてそうだ。事実もてたのだろうが、その実、心中深くに母性への強い憧れを隠しているところは、ヘミングウェイにそっくりだ。

若くして詩の筆を折ったため、寡作な谷川雁の「或る光栄」と「ゆうひ」という二編の短い詩は、私が一九六七年十・八の屈折した気持ちから歩み出し、私が選んだ道を進む勇気を与えてくれた。

或る光栄

おれは村を知り　道を知り
灰色の時を知った
明るくもなく　暗くもない
ふりつむ雪の宵のような光のなかで
おのれを断罪し　処刑することを知った
焔のなかに炎を構成する
もえない一本の糸があるように
おれはさまざまな心をあつめて
自ら終ろうとする本能のまわりで焚いた

世のありとある色彩と
みおぼえのある瞳がみんな
苦悩のいろに燃えあがったとき
おれは長い腕を垂れた
無明の時のしるしを
額にながしながら　おれはあるきだす
歩いてゆくおれに
なにか奇妙な光栄が
つきまといでもするというのか

初めてこの詩を読んだ時（文字通り、声に出して読んだ）、まず「おのれを断罪し　処刑することを知った」という一行が刺さった。そうだ、私も「おのれを断罪し　処刑」した。そして、「もえない一本の糸」のような心に火をつけ、「苦悩のいろに燃えあがった」瞳たちに別れを告げて、「あるきだす」のだ。そうすればやがて「奇妙な光栄」

を感じることができるかもしれない。この詩の言葉を自分への励ましのように勝手に解釈した。

ゆうひ

ああ　ゆうひ
ひとすじの道をこえ
ありふれた草をふみ
おれの賭けた砂っぽい背骨
死面《デスマスク》
二十代の馬鹿
すべては谷にころげおち
おれは山の高さと谷の深さを
いっしょに見ている

おれの目に狂いがなければ
たしか自由とは
こんなことであろう
おれを射ぬいたものを
おれがやり返した　その日から
そんな自由が住んでいる
古びた火薬庫のような胸に

私も射ぬかれていた。私を射ぬいた弾丸は言葉だった。
そして私は私を「射ぬいた」言葉に、言葉ではなく行為を、どこまでも行為だけを「やり返」そうと考えた。

一九六七年十月八日に続いて、十一月十二日にも羽田で佐藤首相の訪米に反対する大規模の激しいデモがあった。十月、十一月の二度の羽田デモから、学生がプラカードの柄の部分の角材で警察機動隊の警棒に対峙し、頭部を警棒の打撃から守るためにヘルメットをかぶるのが一つのデモスタイルになった。十月八日以降も、腕を組みあい人と人の重なりあう圧力で警察の阻止線を突破しようとするスクラムデモは続いていた。デモの回数はスクラムデモのほうが多かったと思うが、私が参加したスクラムデモで阻止線を突破できたことはほとんどなかった。

私はこの日も羽田には行かなかった。羽田のデモと呼応した大阪でのデモに参加したはずだが、なぜか細かなことは覚えていない。翌一九六八年一月以降の自分の行動の印象が強すぎるせいかもしれない。

一九六七年十一月、日本政府はアメリカ海軍の原子力空母エンタープライズ号の佐世保寄港を認可すると閣議決定した。エンタープライズ号は核をエネルギーとし、北爆（北ベトナムへの爆撃）用の爆撃機多数を積んでいた。その寄港を認めることは、佐世保がベトナム戦争の出撃基地となることを認めることになるとして、社会党、共産党などの野党、労働組合組織、学生運動組織が寄港に反対したが、一九六八年一月に寄港することになった。

一月十五日法政大学を出て、佐世保に向かうために飯田橋駅に向かっていた学生二百名が無許可デモだとして警察機動隊に多くが逮捕された。これは警察の「予防検束」（デモなどに出るまえに些細な理由をたてに取りしまる）の先例として有名で「飯田橋事件」と呼ばれている。

私は一月十六日、大阪からの学生集団の一員として博多駅に着いた。エンタープライズ号の佐世保寄港は一月十九日であり、私たちはいったん九州大学で政治集会をするということだった。私はこれが初めての「現地闘争」（政治的な焦点となっている現地に赴いてデモすること）参加だった。前日の飯田橋事件のこともあり、緊張していたと思う。九州に行くこと自体生まれて初めてだった。

汽車が博多駅に着くと、駅の通路には警察機動隊が待機しており、両側から学生の隊列を挟みこんで自由に動けないほど圧迫する「サンドイッチ規制」を行なった。私は初参加でもあるし、体力もあったので、絶対逮捕されない仮定のもとに、同じ大学から参加した十名ほどの学生の荷物を背中のリュックに詰められていた。その大きなリュックを背負って、身動きできないまま、集団が左右からの圧迫で一団となって動かされていくうちに、なぜか私は何本かの腕に体のあちこちを小突き回され、襟首をつかまれて集団の外に引きずり出された。「逮捕・逮捕」という叫び声が聞こえた。現地闘争初参加、生まれて初めて行った博多駅で、いきなり理由もわからず逮捕されたのである。その時逮捕されたのは三名で、起訴されたのは一人だけだったが、警察の過剰警備を理由に無罪となった。「博多駅事件」と呼ばれ、これまた警察による過剰警備の判例として当時有名になった。

駅に着いたらいきなり押しくらまんじゅうされて、ヨタヨタしているうちに訳も分からず逮捕され、あれよあれよというまに警察署に留置された。他の二名は私よりはるかに学生運動のベテランらしく落ち着いていた。

私には心配があった。他の学生の荷物をリュックに入れられた時、同じ大学から参加した学生の名前と連絡先を書いた紙もポケットに持たされていたからだ。サンドイッチ規制を受ける直前、それをズボンの内側、パンツの股座《またぐら》のあたりにつっこんでいた。なんとか処分しなければと、そればかりが気になった。だから警察署に着くとすぐにトイレに行かせてくれと頼んで、大便用のトイレの中で、その紙切れをちぎって飲み込んだ。ひどい気分だったが、その時少し「奇妙な光栄」を感じていたかもしれない。

大阪からの列車の中で、もし逮捕されることがあっても「完黙」（名前も名乗らない完全黙秘）せよと言われていたので、警察の取り調べに私はそれを徹底した。逮捕されて四日目の十九日の朝、更に十日間の拘留要請を審査するため女性の裁判官のところへ連れて行かれた。せいぜい二十代後半にしか見えない若い人で、大阪から赴任したばかりだと言っていた。取り調べではなく、拘留の当否を判断するためだから、名前とか年齢は教えてねと、優しく言われた。それでつい答えると、「ふうん、未成年だってわかってれば、逮捕のその日で帰れたのにね」と気の毒そうに言われた。

後日起訴された一人を除いて、私ともう一人はその日の夜遅く釈放された。警察署を出るときに、もうデモは終わって皆学生も帰ったから、君らも早く帰りなさいと言われたが、もう一人のベテラン学生が念のため九州大学に行ってみようと言うので、二人で行ってみた。すると警察官の言ったのは真っ赤な嘘だった。その日のデモで殴られて顔を腫らしたり、頭に赤黒く血のにじむ包帯を巻いていたり、催涙ガス入りの放水で真っ赤な目をした学生たちが、皆ぐったりして九州大学の寮にたくさんいた。口は威勢が良く、「帰るもんか、明日も戦うぜ」とデモはまだまだ続くと言うのだ。

たまたま小柄な全学連の委員長がいて、我々を笑顔で迎えてくれ、「君らが一番元気そうだから、明日は先頭で頑張ってくれたまえ」と事もなげに言った。

エンタープライズ号は十九日に佐世保港に入り、二十三日に出て行った。その間連日佐世保で激しいデモが行われ、私も九州大学の学生寮で雑魚寝しながら二十日からデモに参加し続けた。二十一日には佐世保の米軍基地内に全学連の学生二名が突入して逮捕された。そのうちの一名は京都大学の学生運動リーダーで、私も知っている人だった。この二名は日米安保条約に関する法律で起訴されたが、米軍基地内への突入という行為は、後に右翼の論客からも感心されたりした。

デモを見物に集まっていた佐世保市民からは何度も歓声があがった。学生と一緒になって、警備の機動隊に石ころを投げる若者も多かった。私が現場で接した人たちの声はデモ隊に好意的なものが多かった。米軍基地の存在を不安に思っている人が多かったのだろう。遠くからやってきてケガをし包帯姿になってもデモをやめない学生たちに共感する人も多く、カンパしてくれたり、おにぎりをくれたりする人が大勢いた。そこでも私は「奇妙な光栄」を感じることができた。

一月の二十三日頃に大阪のアパートに帰ったが、その翌日の朝、スペイン人神父にたたき起こされた。彼は興奮していた。私の白いデモ用のヘルメットを手にして叫んでいた。

「あなた、これなんですかあ」私が寝ぼけて答えないので、ますます興奮して「なんですかあ。ダメでしょう。ぼうりょくがくせいダメでしょう」と叫んでいる。「なんですかあ、なんですかあ」とおさまらない。

「永遠の不服従のシンボルさ」私は自分でもキザだなあと思いながら、怪しいイントネーションで言った。

その日のうちにアパートから追い出された。

四

一九六八年は、一月の佐世保デモに続き、立て続けに「現地闘争」に参加した。大学の授業にはあまり出席せず、街頭デモを転戦して回った。短期間にデモのベテランになることは簡単だった。多少痛い思いや、怖い思いはしたが。激しいデモのベテランになるに従って、あの「奇妙な光栄」を感じることはなくなっていった。

二月から何度か、千葉県に計画中の新空港建設に反対する「三里塚闘争」に参加した。今の成田国際空港の建設反対運動だった。

一九五〇年代、六〇年代の高度経済成長が、日本の経済力を飛躍的に高めた。そのことにともなう物流の圧倒的な増大に対応するため、羽田空港に加えて新しい空港を東京近郊にというのが政府の方針だった。三里塚地域一帯は、戦後になって入植した開拓農民が切り拓いた農村地帯だった。それを国が強制的に買い上げて空港にするというのだ。当然のことながら地元農民は拒否する。買い上げ地域は二転三転したが、やがて三里塚芝山地区に決まり、地元の反対派は一九六六年に「三里塚芝山連合空港反対同盟」を結成して徹底抗戦の姿勢を示した。それを革新政党や学生運動組織が支援した。一九六八年ごろから空港建設に向けての工事・作業が本格化していくにつれ、空港公団から反対同盟への切り崩しが進み、新左翼各派の学生運動組織は支援というより、運動の前面に出て体を張ることになった。

一度、警察とではなく、他のデモ隊と乱闘になりかけたことがあった。相手のデモ隊の列の中に仙台の大学に進学したAがいた。杖をせずに隣の学生とスクラムを組んでいた。大学入学以来、一年ぶりだった。私とAはほとんど同時に、相手の存在に気づいた。

Aはうっすら眉間にしわを寄せて私を見つめた。やがて苦笑いとも照れ笑いともつかない中途半端な笑顔を浮かべ顎をしゃくるようにした。私は今にも飛びかかりそうな周りの気配に緊張しながら、Aに顎をしゃくる挨拶を返して、目をそらした。幸いその時は、お互いの隊列が湾曲して、一部が接触しただけだった。数名の殴り合いがあったが、すぐに二つの隊列は離れたので、大きな争いにはならなかった。私とAは声を掛け合うこともなく、それぞれの隊列の中にいた。

後日、Aから短い手紙が来た。足は手術して今は新しいギブスを履いていて普通の人と同じようにデモできるし、機動隊を蹴っ飛ばすこともできる、と自慢していた。私とAがそれぞれ加わった党派と党派の争いについては何も書いていなかった。そんな話はしたくなかったのだろう。

新左翼というのは、一九五〇年代、六〇年代に日本共産党を批判して離党した人たちが作った政治組織の総称だった。何度かの分裂を経ていくつもの組織ができていた。各組織が目指すゴールは同じようでも、そこに至る方法についての主張はそれぞれ少しづつ違っていた。そうした違いをめぐる論争が、暴力的な形で表われることが増えていった。

私は羽田で死んだ山﨑博昭と同じ組織に加わったが、多くのデモ参加者にとって、あの時代にどの組織のデモに加わるかは、いわば行きがかりだった、と思う。誰に誘われたとか、どんなタイミングでデモに出たとか、そうした偶然の要素で決まった。勿論それぞれの組織の主張を自分なりに判断はしたが、事前にどの組織の主張が一番正しいか、あらゆる情報を冷静に判断して加わったわけではない。時代の転換点だった。自分と社会とのつながりを考えさせる出来事が次々と起こった。そんな出来事に感受性を刺激されて、その時たまたま身近にあった組織の呼びかけに応えてデモに参加した。私はそうだった。

だから似かよった主張の組織同士の近親憎悪のような争い、「党派闘争」と呼ばれたものには、党派の一員として行動しつつも慣れることができなかった。自分の気持ち（わたし）と党派の論理（われわれ）とがうまく折り合わないことも多かった。

三月から四月にかけて何度か「王子野戦病院闘争」にも参加した。東京の住宅街である王子に地元の住民の反対の声を無視して、米軍は、ベトナム戦争で負傷したアメリカ兵を治療するための野戦病院を開院した。その撤去に向けて、三月、四月と激しいデモが行われ、私も参加した。「三里塚闘争」とセットで連戦した記憶がある。

王子でも、佐世保と同様に、デモ隊の周りを大勢の地域住民が取り囲んで、見物していた。倒れた学生への警察官の目に余る暴行を見咎めて、学生たちを助けようとした人も多かった。私も一度、機動隊に蹴散らされて逃げている時、道路の端に二列になっていた住民らしき人たちから「こっちこっち」と叫ぶように呼び寄せられて、彼ら何人かに体を覆い隠され逮捕を免れたことがあった。

一九六八年五月からは、街頭に出てのベトナム反戦デモだけでなく、大学内でも激しい対立があり、私の精神も肉体も暴力に染まっていった。「奇妙な光栄」からは、もはや完全に見放されたようだった。

五月、大学の生活協同組合（生協）で、争いが表面化した。大学の学生食堂は、生協が運営しており、生協の理事会は同数の大学教職員と学生自治会の代表によって構成されていた。施設の提供者である大学側と利用者である学生側とで、平等に運営しよう、という考えで始められたのだろう。

「生協闘争」と呼ばれた争いの発端は、生協に一人の学生運動経験者が現場の労働者として入ったことだった。この大学の学生自治会の執行部は別の学生運動組織が牛耳っていたが、この人が私の加盟した学生運動組織の支部をこの大学に作った人だった。この人は短期間に現場の生協労働者の信頼を勝ちとった。

「学生さんに、いいものをできるだけ安く提供することと同時に、ここで働いている人たちに安定した暮らしを提供する。この二つの目的のために生協はあるんや」それが彼の一貫した主張であり、生協現場で働く人たちの心をつかんだ理屈だった。そして、彼は生協で仕入れた安い食材を地域で販売しようと主張した。「大学生協」の「地域生協」への飛躍・転身により、学生、生協労働者、地域住民の生活を改善することができる、というのがその理屈だった。

しかし、彼の主張は、学生理事たちの賛同を得ることはできなかった。双方で言い争いから、軽い乱闘沙汰まであった上で、彼は次の手に出た。「生協の経営を改善し労働者の雇用を守るために」という旗印のもとに、理事会の許可を得ぬままに地域での食材販売を始めたのだ。

結果、彼と彼を護衛するようにいつも離れずにいた生協労働者が解雇された。同時にその生協労働者は近くの警察に傷害罪で逮捕もされた。生協の学生理事への暴行を訴えられたのだ。そして、自治会執行部はあの労働者は暴力団の構成員だと主張するビラを大学内でまいた。確かにその人はもと暴力組織の末端に生きていたこともあったのかもしれない。しかし、まっとうな生活者になるために人一倍の努力をし、やっとの思いで生協に就職した人を、学生が解雇する、労働者の解放をうたう学生運動組織の人間が労働者を解雇する、のは道義に反する。理論に反する。そう私や私たちのグループの者は思った。大学生協のあり方を問う議論を生協労働者の処分で打ち切ろうとする理事会の姿勢を批判した。だから、学生理事、自治会執行部の役員たちを吊るしあげる青空集会を大学の学生部前の広場で開いた。

六月には伊丹空港ちかくにある会社への反戦デモをした。その会社は戦前・戦中の飛行機メーカーで、太平洋戦争時には海軍の戦闘機作りで知られていた。戦後は戦闘機の製造はできなくなったが、この頃にはアメリカ軍が北ベトナムへの空爆に使用していた大型の爆撃機の修理を引き受けていた。日本のベトナム戦争への加担、米軍への後方支援の象徴的な存在だとして、私が加盟する学生運動組織が全関西から参加者を募ってデモを企画したのだった。

他の大学から拠点となった私の大学に集まった学生二百名余でデモに出発する前の集会を開くため、授業中の教師に掛け合って授業を中止してもらい、数百名が入れる大講義室で臨時の学生集会を開き、そのまま大学から伊丹までのデモに出発した。

その日その教室での授業を受けていた学生はじめ、私の大学の学生たちで私たちの集会に参加したものは少なかった。大部分の学生は私たちを監視するとでもいうように教室を遠巻きにしていた。中には「帰れ、帰れ」と唱和する連中もいた。しかし、いざ私たちがデモに出発すると、デモへの参加の呼びかけに応えて徐々に参加者が続き、ついにはそれまで私の大学のデモ隊では見たこともないような数百メートルの大行列になった。

七月に入ってすぐ、五月の学生部前の青空集会（無許可の暴力的な集会として）と、六月の大講義室での学生集会（これは授業妨害とされた）を理由に三人の学生処分が発表された。二名は無期停学、一名は半年の停学だった。二名の無期停学者は先輩で、私より何歳か年上の人たちだった。私が半年の停学処分を受けた。

この日以降、街頭でのベトナム反戦の闘いと並行して大学の内なる闘いとして、学生処分の撤回闘争を続けることになった。私は授業にはほとんど出ず、街頭デモや学内でのビラまき、自治会や生協理事会を握る党派との論争や小競り合い、教授会への乱入など、とても忙しかった。忙しくしていないと自分の気持ちが漂流しそうだった。

処分撤回闘争は自分のことだったが、自分のことのように感じられなかった。処分撤回を叫んでいても、私の気持ちの中では、そもそも学生という身分に対する執着が小さくなってきていた。大学を卒業して、こんな生活をしたいという具体的なイメージがなくなっていた。大学に入学した頃は弁護士を目指していたつもりだった。なんども逮捕され、警察官や検察官に法の言葉で恫喝された。法の言葉は、解釈次第、運用次第で、どのようにもなる、と思うようになった。そして、法の言葉の解釈を国家権力が独占している状況が変わっていくとは思えなかった。法の言葉の解釈を争うことを仕事にするなんて、考えられなくなった。

私が求めていたのは、自分の行動を意味づける法の言葉ではなく、自分を行動に促す心の内にあるものを表す言葉だった。

羽田の山﨑博昭の死が、私の中に深い言葉への飢えを実感させ、その言葉への飢えが、私に行動の突出、すぐ簡単に口をついて出そうな言葉を飲みこんで行動に集中することを選ばせた。しかし、行動すればするほど、言葉への飢えは解消せず、むしろ新たな飢えが心に固い塊のようにたまっていった。

学生運動に自分の感受性を解放し、死者の声に応える光栄を感じることもなくなっていった。ともすると行動がルーティンになり、人の気持ちの機微がわからなくなり、自分のやっていることに心がおどらなくなってきていた。もっと激しく、もっと徹底してと、行動をエスカレートさせれば、そんな自分の心が少しはおどるかとでもいうように、私は前のめりに行動し続けた。

一九六八年から六九年にかけて、全国の多くの大学で学生が大学校舎を占拠し、机を積み上げたバリケードで封鎖した。新聞では「大学紛争」と呼ばれ、当事者である私たち学生は「大学闘争」と呼んだ。街頭でのベトナム反戦デモだけでなく、大学の在り方にも学生運動の批判の目が向き始めたのだ。

一九六九年一月、東京大学に機動隊が導入された。学生たちの激しい抵抗はあったが、数と装備と体力に勝る機動隊の実力行使によって、東大闘争の象徴的存在だったた安田講堂はじめ学生が占拠していた建物が次々と封鎖解除されていった。その日に機動隊による封鎖解除が実力行使されることは、大学校舎を封鎖中の学生たちにもわかっていた。だから前日に、校舎の中に立てこもって封鎖解除の機動隊に抵抗する部隊と、校舎の外に出ておいて、機動隊の封鎖解除に抗議する部隊とに分かれていた。校舎に立てこもった者はいずれ逮捕拘留されるので、運動の持続のために、あらかじめ外に出ておく部隊を作ったのだ。

全国の大学から応援のために東大に集まっていた学生部隊も二分された。私も数日前から東大に来ていたが、外で抗議する部隊に入った。中に残った人たちはすべて逮捕された。外の部隊でも逮捕された者はいたが、私は逮捕されないように用心した。自分の大学に帰って、同じ抵抗を組織しなければならなかったからだ。

一九六九年五月、私の大学にも機動隊が導入された。私を含めた三名の学生の処分に抗議する学生の運動は、五月学校当局に対しての最後通牒をした。誠意ある対応をしないのなら全学封鎖、学生の手によってすべての校舎を封鎖すると宣言したのだ。しかし、もちろん大学側からのはかばかしい対応はなかった。私たちは全学封鎖を決意した。大学当局は学内への史上初の警察機動隊の導入を決意した。そしてついにその日はやってきた。

二百名の私たち封鎖派学生に対して、二千名の機動隊員が動員され、一九六九年五月二十三日、大学に機動隊が導入された。私は校庭に出て機動隊に抵抗する部隊を指揮した。しかし、指揮と言えるほどのことはできなかった。古代ローマの百人隊のように整然とした隊列ですすんでくる機動隊に向けて、角材を手につっこむ学生集団の先頭に立っただけだ。何度かの衝突をへて学生集団は弾き返され、バラバラになって逃げ出した。校舎と校舎の間に散らばって、大盾を前面に二十メートルほども並べて進軍してくる機動隊に、石塊や火炎瓶を投げつけて抵抗したが、機動隊の進撃をくい止めることはできなかった。その後、校舎のバリケード封鎖は警察の手によって解除された。

それから一週間ばかりして、大阪市内の反戦デモで私は逮捕された。その日のデモは飼い犬の散歩のようにおとなしいデモだったが、私には五月二十三日の件で逮捕状が出ていた。

この時、逮捕されて連行された警察で、「おお、君が今売り出し中の男か、今度は長くなるからな」といかにもベテラン公安刑事らしい中年男が薄笑いしながら言った。五月末の逮捕から、半年ほど大阪拘置所に拘留された。

毎日のように取り調べを受けたが、警察官や検事の話す言葉は私の耳たぶの外側を嬲《なぶ》って過ぎていくばかりだった。私は黙秘を続けながら、自分の行為を語る自分の言葉が欲しいと切望した。そんな日々に、拘置所の中から、佐々木幹郎に長い手紙を書いた。

佐々木は、一九六八年の秋に山﨑博昭や私が所属していた学生運動組織を離れ、一九六九年には学生運動の言葉と運動を変革するための拠点になる雑誌の発行を準備していた。機動隊が導入され、私が逮捕拘留される前の五月のいつの日か、私の大学で、そんな佐々木の講演会を、佐々木と私の共通の友人が企画したことがあった。佐々木が離れた組織にその頃の私はまだ所属しており、組織は佐々木の講演会に反対するデモやアジ演説を行なっていたが、私は占拠中の教室で開かれていた会に参加した。

「死者の鞭」を書いた佐々木幹郎がなぜ組織を離れたのかを聞きたかったからだった。

その時の具体的な話はもう忘れてしまったが、佐々木の話に共感し、佐々木が計画している新しい雑誌に強く惹かれたことは憶えている。「大学闘争」を闘う中で一層強くなった言葉への飢えと既存の学生運動の組織に感じる異和感を、私は佐々木に話したと思う。そして、大学闘争が学生運動の党派のしがらみ、組織の論理を超えていくように促していることを、佐々木との話で私は確信した。組織を離れても運動を続けることはできる、大学闘争は続けるが、組織は離れようと心に決めた。それからしばらくして私は逮捕されたのだ。

佐々木への手紙は、私信の形をとっていたが、佐々木が話していた新しい雑誌への投稿文のつもりで書いた。スペイン戦争にも参加したイギリスの詩人W・H・オーデンの詩を引用しながら、行為にかける意味を自分なりの言葉にしようとした。自分の気持ちを自分のこだわる言葉で宣言しておきたかったのだ。生硬な言葉遣いの未熟な文章だったが、どうしても書いておきたかったことだった。

十二月のはじめ私はいくつかの罪名で起訴された。一九六八年一月に佐世保で初逮捕されてから、一年と少しの間に各地の現地闘争で数回逮捕されたが、起訴されたことはなく、これが初めての起訴だった。

起訴されてしばらくした十二月のいつの日か、私は保釈されて大阪拘置所を出ることができた。拘置所の扉をくぐると賑やかに大勢の人間が走り寄ってきた。一瞬自分を迎えに仲間の学生たちが来てくれたかと身構えたが、私と同時に保釈になったある暴力団関係者の出迎えだった。

その人群れが移動すると、その後ろにひっそりと父と大学の救援会の女子学生が二人っきりで立っていた。女子学生は少し緊張した表情をしており、父はいつもの淡々とした表情をしていた。

私には父の感情を読み取ることができなかった。自分の感情を伝えようともしなかった。保釈の身元保証人である父は、私を実家に連れ帰るつもりで出てきていた。私たちは相変わらずあまり会話しなかった。

私は、大学に取りにいくものがあるからと素っ気なく父に告げて、父の目の前で、学生裁判の救援活動をしていた女子学生とタクシーに乗った。父は無理に私を止めなかった。私に何枚かの紙幣を汽車賃だと手渡し、動き出す車に「待ってるからな」と声をかけた。タクシーが動き出してもずっとその場所に立って車を見送っているのが、サイドミラーに写っていた。

狭い独房に入れられている間は、光栄を感じるというより鬱々とした気持ちで、一日も早く出たくてたまらなかった。監視されない行動の自由だけを焦がれた。その一方で、自分がこれだけの弾圧を耐えているのだから、世の中は大きな変革の只中にあって、今にもすべての秩序が崩れようとしている。そんな妄想のような想いにとらえられたりした。

しかし、拘置所を出たその日、大阪の街はこれまでの年の瀬とまったく変わらぬ年末の賑わいを見せていた。タクシーの窓から、忙しそうに走る車の列を見ていると、私は自分の勝手な思い込みとのあまりの違いにたじろぎ、心が折れそうになった。

感情を押し殺して静かに迎えてくれた父に対しても、自分の妄想のせいで無駄な出費をさせたようで、申し訳ないというより、恥ずかしいような思いがした。父について帰ることは、その時の選択肢に入っていなかったが、もう少し優しい態度を取るべきだった。そう思って後悔したが、私にはそうできなかった。自分のこれからのことで頭がいっぱいで、父の心の内を推しはかることはなかったのだ。

大学に着くと、校舎の一部は再び学生たちにバリケード封鎖されていた。私も校舎内での篭城生活を再開した。そして、所属していた学生運動の組織から私の大学に送り込まれていたリーダーに大学闘争は続けるが、組織を離れると告げた。私の方には力みがあったが、リーダーの受け止め方はなんだか冷淡なほど落ち着いていた。ふうん、そうかい、といった感じだった。引き留めはあったが、私の気負った反論には、苦笑いをして、「まあもう一回考えてみ」と言っただけだった。

数日後、佐々木幹郎と会った。私が拘置所から出した手紙の文章を、佐々木はそのまま新しい雑誌に載せてくれていた。『火急』という前のめりなタイトルの雑誌だった。

雑誌『火急』に文章を載せた者たちは皆、既存の新左翼の言葉と運動に限界を感じ、新しい言葉、新しい運動を模索していた。私たちは『火急』をその新しい学生運動・思想運動の拠点にしたかった。残念ながら、新しい運動を練り上げていく場に『火急』はなり得なかった。創刊号だけであとは続かなかった。

私が大学のバリケードに復帰してから、何度か校舎のバリケード封鎖や機動隊の導入をめぐって、さまざまな規模の集会があった。全学集会や、学部の集会や、クラス単位の話し合いがあった。

大学の学問・研究の自由とは一体何なのか、あるいは大学がベトナム戦争にどのように加担させられているのか、といったそもそもの大学のあり方を問う問題について、何度も学生側からの問いかけがあった。しかし、大学の教授会も理事会も、正面から答えようとはしなかった。いつ、どんな風に、この大学をめぐる争い、大学の存立基盤を問う論争に、決着がつけられたのか、つけられなかったのか、覚えていない。うやむやなままにこれらの問いは消えていった。

私の大学の裁判では、私以外にも十数名が起訴され、統一被告団を組んだ。第一回公判は一九六九年十二月中旬、街中にクリスマスソングが流れている頃開かれた。裁判を傍聴に来ていた学生たちがヘルメットをかぶっていたため、「ヘルメットを取りなさい」という命令と、「これは我々の闘う意志の象徴だ」と抗弁する声とが争い、廷吏が走り回り、裁判は開かれることなく「休廷」が宣告された。私は徒労に似た思いにとらえられた。

五

一九七〇年二月、私はM子と出会った。

M子は私と同じ学科の一学年下の学生だった。大学近くの喫茶店で、いくつかのクラスでクラス委員をしていた何人かに会ったが、その中にM子もいた。

大学当局の不実や思想的な一貫性のなさを話し、大学の産学協同研究と呼ばれる企業からの補助金で運営されている研究が、結果的に米軍のベトナム戦争への協力となっているケースがあることを話していると、「私には関係ありません」と固い声で言った者がいた。M子だった。

他のクラス委員が少し顔をしかめても、動じる気配はなく、「そんなお話なら、もういいです。帰ります」と浅葱色のコートを羽織り、さっさと店を出ていってしまった。浅葱色のまっすぐな後ろ姿が、決然とした拒否の言葉以上に強く心に残った。

数日後、大学の図書館で偶然M子を見かけて話しかけた。政治や大学闘争の話はせず、ヘミングウェイの話をした。ヘミングウェイとスペイン戦争の関わりを話した。M子の顔を見つめながら、何か言葉以上のことを伝えたいと願いながら話した。『日はまた昇る』か『誰がために鐘は鳴る』の話をしたかもしれない。

私の話がふと途切れた時M子が、「わたしヘミングウェイの文章はいいと思うんですけど、あの人は女の人のことがわかってなかったんと違います?」と言った。私の話を拒否するというより、自分の本当の気持ちを伝えたいとつい言葉が出た。そう私は受け取った。そして、M子の言う通りかもしれないと思った。

ヘミングウェイは母に焦がれつつ母のことが実は理解できず、何度も結婚と離婚を繰り返したのも、女という存在を本当には理解することも許容することもできなかったからかもしれない。私の胸のうちにたくさんの言葉が溢れてきた。ヘミングウェイのことではなくて別のことが話したかった。でも、うまく話をまとめる自信がなかった。

「うん」とうなずくだけで私は黙っていた。私が黙っていると、M子の方から喋り出した。

「三島由紀夫って人は好きやなかったけど、東大全共闘との討論はおもしろかったです。読みました?」

私は三島由紀夫の熱心な読み手ではないと断ってから、私もあの討論会について三島が討論会後に書いた文章を読んでから、三島由紀夫の作品を読みたくなったと答えた。三島の作品についての短いやり取りがあった。

M子がカバンから青い表紙のノートを取り出して、最後のページを開いて私に見せた。

われわれの戦いは勝利だった。全国の学生、市民、労働者の皆さん、われわれの戦いは決して終わったのではなく、われわれにかわって戦う同志の諸君が、ふたたび解放講堂から時計台放送を真に再開する日まで、一時、この放送を中止します。

それは、一九六九年一月東大に機動隊が導入された日、安田講堂で占拠学生が放送していた「時計台放送」から送られた最後のメッセージだった。M子にノートを返す時、どこかのページが開いて、綺麗な字で書き写した『梁塵秘抄』の一節が読み取れた。

仏は常にいませども　現ならぬぞあはれなる
人の音せぬ暁に　ほのかに夢に見えたまふ

一九六九年一月の東大で、中に籠城する連中と笑顔で交わした別れの言葉とか、あの日々の情景が一瞬蘇ったが、その話はしなかった。かわりに大阪拘置所から釈放された日に感じた深い失意の気分を話した。その話をすると後が続かなくなった。M子は私にほんのり笑いかけた。慈愛に満ちた笑顔だった。二人とも黙ってしまったが、重苦しい沈黙ではなかった。

その日はそれだけだった。M子の家庭教師のアルバイトの時間が迫っていた。数日後に大阪の街中の喫茶店で会うことを約して別れた。一緒にいたのは一時間足らずの時間だったが、心は満たされていた。

この日からM子は私にとって特別な存在になった。


大阪の街中で会い、本屋のはしごをした。好きな作家の話をした。映画を見た。好きな映画監督の話をした。大阪と京都を結ぶ私鉄沿線にM子は住んでいた。その沿線の桜の名所を歩いた。相変わらず、私は忙しかったが、M子と会う時間は作りだした。大学の処分撤回闘争の話や、学生運動の話は、M子の方から話題にしない限り、私からは話題にしなかった。

その頃M子には三歳年上の恋人がいた。ある日、大阪の街中のいつもの喫茶店で、席に着くなりM子は言った。

「なんでわたしなんかと会うんですか?」

私は少し驚いてM子を見つめた。

「迷惑やった?」

「迷惑やないけど、なんでかなと思て……ううん、でも、いいんです。ちょっと不思議な気がしただけやから」

「不思議?」

「だって、わたしなんて、たまたまクラス委員を押し付けられただけで、ちっとも熱心やないし、何の問題意識も持ってないノンポリやのに」

M子が初めて会った時のように、私の答えによっては決然と店を出ていく気がして、私は答えるのを躊躇した。

「君を運動にオルグするために会ってるんやない」ようやく答えると、M子は真剣な目で私を見た。大きく見開いた瞳に私の顔が写っていた。まだ出ていく気配はなかった。

「わたしに関係ありません、って二度と言われたくないからね」

「ああ、ごめんなさい。あの時は前の日に、ちょっとあったから、……あんな言い方してしもて」

「ちょっとどんなことがあったのかなあ？」緊張させないように、笑顔を作って言った。M子は一瞬下を向いたが、すぐに顔を上げた。

「わたし付き合ってる人がいるんです。高校の部活の先輩で、もう働いている人です。その人が、わたしに、デモなんか行ってないやろね、って聞いたんです、前の日。その言い方がなんかイヤで、あなたに関係ありません。って言ったら、関係ないことないよ、とすごく真剣にいうんです」

関係と言う言葉が、何か特別な意味を持っている特別な言葉のように聞こえた。

「何か約束してるの、その人と」

M子はしばらく返事せず、下を向いていたが、やがて答えた。

「約束はしてません。でも、向こうはわたしが卒業したら結婚したい、と、うちの親にも言うてます」

「君はどう思てるの」

「結婚はしません。誰とも」自分自身に断言するように、「誰とも」を強い調子で言った。

私は、自分がM子の手の内に絡め取られたように感じた。癪にさわったが、その苛立ちはM子には向かわないで、自分自身に向かった。一体お前は何をしている、何がしたいんだ、と。

その次会った時、「わたしあの人と別れることにしました」とM子は力みのない声で言った。「うん」とだけ答えて、私は理由を聞かなかった。M子もそれ以上そのことについては話さなかった。

私とM子は、一九七〇年の二月に初めて口をきいて六月には一緒に暮らすようになっていた。何かに急き立てられるかのように短い期間に急速に接近した。M子の家も何度か訪ね、M子の両親、主にM子の母親に、二人の同居について話した。M子の両親は、私たちに同居の条件を約束させた。M子が大学を卒業すること。きちんと結婚すること。私が真面目に働くこと。の三つだった。

二番目の約束は、M子が私に言ったこととは相反するようだが、M子は何も言わなかった。三番目の約束は、「生活どうするのよ?」という詰問に、「大学を離れて働きます」という私の言葉を聞いて、大学にいて学生運動を続けるよりはましとM子の両親は考えたのだろう。私の両親は私の学生運動や生活に影響を与えることを、もう諦めていたのか、M子と同居の連絡にも、それほど驚かなかった。成り行きにまかせるというような態度だった。それでも母はM子に、自分が若い頃に何度かしか着ていないと書き添えて数着の着物を送ってきた。

式は挙げなかったが、婚姻を証明する写真は撮った。写真館で洋装の結婚衣装を借りて撮ってもらった。両方の両親に送った。婚姻の届けは出さなかった。

M子の「結婚はしない」という言葉に触れないよう気をつかったせいもあるが、一番の理由はただ面倒だったからにすぎない。M子の親との二番目の約束は守らなかったことになる。そして、一番目の約束もやがて守れなくなる。

同居の前提として、M子の両親が地下鉄御堂筋線沿線の新興住宅地にアパートを決め、同居の家財道具をそろえた。全ての手配が終わってから、そのことを告げられた。

同居によりそれぞれの実家から、自立、独立するんだと、力みを込めて思っていたから、私は傷ついた。そのことをすぐにはM子に言えなかったが、M子はなんとなく私のわだかまりを感じていたようだ。

同居に際して、新婚旅行のつもりで瀬戸内を巡る二泊三日の船旅をしたが、船中で私が家財道具のことを持ち出して、実家からの自立をM子に迫った。

「家から自立するって、あたしたちが新しい家を作りあげていくことでしょ。これからのことやん。ええやないの、家財道具くらい援助してもらっても」M子の口調に、私のわだかまりを非難する響きを感じて、私は感情的になった。新婚第一夜は、言い争いと不貞寝になった。

それからも、M子の実家との関係をめぐっては、何度も言い争いがあった。自立ということの捉え方が、二人違っていたのだ。M子も実家からの自立を考えてはいただろうが、それ以上に私からの精神的な自立、理詰めに迫る男から女としての自分が自立することを望んでいたのかもしれない。

ともあれ、新しい生活の日々は始まった。私は心斎橋の画廊に勤め、M子は必要な単位を取るために大学の授業に出て、残った時間は設計事務所でトレースのアルバイトをした。

一九七〇年七月七日のサンケイ新聞夕刊に、三島由紀夫が「果たし得ていない約束――私の中の二十五年」という文章を発表した。戦後の二十五年間に自分に何ができたかを振り返る文章だったが、妙にセンチメンタルな調子で、彼が事を起こした後で、何度も引用された。

それよりも気にかかるのは、私が果たして「約束」を果たして来たか、ということである。否定により、批判により、私は何事かを約束して来た筈だ。（中略）もっともっと大きな、もっともっと重要な約束を、私はまだ果たしていないという思いに日夜責められるのである。（中略）それほど否定してきた戦後民主主義の時代二十五年間を、否定しながらそこから利益を得、のうのうと暮らして来たということは、私の久しい心の傷になっている。

私はこれからの日本に大して希望をつなぐことができない。このまま行ったら「日本」はなくなってしまうのではないかという感を日ましに深くする。日本はなくなって、その代わりに、無機的な、からっぽな、ニュートラルな、中間色の、富裕な、抜目がない、或る経済的大国が極東の一角に残るのであろう。それでもいいと思っている人たちと、私は口をきく気にもなれなくなっているのである。

私はこの文章を発表された時に読んでいる筈だが、その時に自分が感じたことはよく覚えていない。M子と一緒に暮らし始めて一月ほど経っていた。事件後、この文章をさがしだし読み返して、これを書いた三島の悲痛を思った。ほんの一年早く生まれていれば、彼は戦場で散り、意に染まぬ戦後を生きずに済んでいたかもしれなかったのだ。

一九七〇年十一月二十五日、三島由紀夫が事を起こして死んだ。市ヶ谷の自衛隊東部方面総監部で、総監を人質にして総監室に籠城し、総監室の正面バルコニーから、集まった千人余りの自衛隊員に「檄」と名づけたビラをばらまき演説した。自衛隊員からは罵声しか返ってこなかった。三島は演説が終わると罵声に背を向け、総監室に戻って割腹自殺した。三島が作っていた民兵組織「盾の会」のメンバー四名が三島に同行し、そのうちの一名森田必勝が三島に続いて割腹自殺した。

その日昼すぎ、前週の展覧会で売れた洋画家の絵を顧客の家に届けるために、私は御堂筋を車で走っていた。半年やって画廊の仕事にも慣れてきていた。画廊は、常設スペースと展覧会スペースに分かれている。常設スペースは国内外の有名画家の絵を展示してある。売り物だ。顧客から買い取ったり、画家から直接買ったり、毎月定例の画商・古物商の競売会で買ったりしたものだ。展覧会スペースでは、毎週のように展覧会をしている。大部分の展覧会は会場貸しだ。プロ、アマチュア色々の画家に展覧会場を有料で貸す。年に何度か、画廊主催の展覧会もする。画廊がプロデュースして育てている画家の新作をコレクターに売り込むための顔見せだ。

私は、展覧会の絵をかけたりはずしたりといった作業や、コレクターの家に絵を運ぶ運転手兼運び屋をしたり、支配人の指示があればなんでもやる専属作業員のような役割だった。接客をして、絵を売り込むには知識も交渉術も意欲も欠けていた。時給だけに着目して選んだとりあえずのアルバイト仕事だった。

支配人は自身が絵描きで、素質のある画家を見つけ出す目利きだったようだ。この支配人の下に、画廊オーナーの三十代の息子がついて画商修行をしていた。

「臨時ニュースをおしらせします」と突然、カーラジオが三島事件の報道を始めた。車の運転を私がし、助手席には画廊のオーナーの息子Eが座っていた。私もEも会話をやめて、ラジオの興奮したアナウンサーの声に聞き入った。御堂筋を走るどの車でも、同じようにドライバーや乗員が緊張してラジオに耳を傾けていたにちがいない。

「なんやこれ、ナルシストの一人芝居みたいやな」Eがそれまで聞いたことがない低い声で言った。興奮して声が上ずるのをむりやり押さえつけようと作った声のようだった。

「一人芝居?」私はEの声も、言葉も気に食わなかった。敵意のにじむ声と表情でEを睨むように見た。

「そやろ、死んだって何にもならへんやろ。作家なんやから書いたらええやん、言いたいことがあるんやったら。それとも書かれへんようになってたんか。どっちにしろ、俺は知らんけど、格好つけすぎやろ。楯の会ゆうのもなんかちゃらちゃらした衣装着て、派手な事件起こして、目立ちたいだけやん」今度は興奮を隠さずに、甲高い調子で一息に喋った。ほおに力を入れて私に頷きかけた。

「書くことと行動することとを、きちんと分けてたんですよ、三島は。せやから、なんで今自衛隊に乗り込んで死ななあかんかったんか、何をしたかったんか、もうちょっと事件の背景がわからんと何も言えないのと違いますか」と私がEを睨みつけたまままで言い終わるか終わらぬかの時、激しい衝撃音がして車が急停車した。無意識にブレーキを踏んでいた。車が車線の左に寄りすぎ、左折して御堂筋に進入しようとした乗用車と接触事故を起こしていた。

事故のおかげで、三島事件についてのEと私の言い争いは空中分解した。すぐにEが警察を呼び、相手の運転手との話し合いもEがしてくれた。基本的には私の前方不注意が事故の主たる原因としたが、相手の車にもすこし強引な割り込みがあったことを認めさせて、Eが示談をまとめた。

その日の夕刊には、雑然とした総監室を俯瞰してとった写真が載った。その写真の左隅には三島と森田の首が床にごろっとおいてあるのが写っていた。

その夜、私は三島の死を話題にするのを避けたが、食事が終わると、M子が例の青い表紙のノートを持ってきた。あるページを開いて、私に見せた。


勲は深く呼吸をして、左手で腹を撫《な》でると、瞑目《めいもく》して、右手の小刀の刃先をそこへ押しあて、左手の指さきで位置を定め、右腕に力をこめて突っ込んだ。

正に刀を腹へ突き立てた瞬間、日輪は瞼《まぶた》の裏に赫奕《かくやく》と昇った。


三島由紀夫『豊饒の海』四部作の第二部『奔馬』の最後の文章だった。

「三島さんも、勲と同じようにしたのやね。勲みたいに一人っきりでなく、自衛隊の総監や楯の会の弟子たちに見られながら。ねえ、教えて、どうして男の人てそんなことができるの?」M子は静かに真剣に私に問いかけた。答えられない問いだった。どこか暗いところへ誘い込むような問いだった。わからない、と言ってしまえば、問いを、M子を拒否したことになる。自分は男の代表ではない、と言うのは卑怯だ。俺はできない、と答えるとM子は軽蔑するだろう。
「ええんよ、そんな困った顔せんでも。言いたくなかったらええの」M子は哀しそうな声で言った。「あなたは死なんといてね」

私は死ななかった。一九七一年二月五日、M子が死んだ。部屋の窓と襖に目張りをし、ガス自殺した。

三島由紀夫が苛立ったように一九七〇年六月に日米安保条約が自動延長されて以降、「70年安保闘争」(一九七〇年の日米安全保障条約の改定をめぐる反政府活動)の火は消え、大学にも社会全体にも旧態依然たる秩序が戻ってきた。あの時代を駆け巡った無数の政治的な言葉たちも、うやむやなうちに、世の中の移ろい、人々の生活の変化、経済的な繁栄を第一義とするような時代の気分とともに、古い記録ニュースのように徐々に色あせ、消えていった。

学生運動も退潮期に入り、メディアから新左翼の活動家の姿が見えにくくなっていった。私も街頭や大学内の運動から遠ざかり、画廊とアパートの往復が生活の中心になっていった。一九七〇年に私たちの裁判は再開し、何ヶ月かに一度、公安事件の被告人として裁判所に出頭したが、法の言葉で自分の行為を振り返ることは私にとって意味がなかった。行為の意味を解き明かす自分の言葉を求めて、いつも焦りを感じていた。精神的にも、生活の上でも、先の見えない不安な日々が続いていた。私の酒量は増え、悪酔いすることも多くなった。

こんなことがあった。Cという友人の家に同じ大学のデモ仲間が、三組のカップルで集まって食事会をした。それまで機嫌よく酒を飲み、この転機の時代をいかに生きるべきか、などと大上段に構えて状況論の与太話をしていたが、気がつくとどういうわけか、私とCのパートナーとが言い争いのようなことになっていた。その女《ひと》は私に対する敵意を隠さずに突っかかってきた。相手も酔っていたが、私も自分で思っている以上に酔っていたようだ。誰も止めに入らないうちに、変にトゲトゲしい空気になって、一座が白けてしまっていた。

そのうち急に、Cのパートナーは立ち上がると、私の顔にコップの水をふりかけた。Cはそれまで止めるでもなく、私の対応を観察するとでもいうように黙ってニヤニヤしていたが、立ち上がり、パートナーをたしなめた。M子は苦しそうな顔で「さあさあ、帰ろ、もう失礼しよ」と私を促し、立ち上がった。「こんな男とよう一緒にいてるわねえ」Cのパートナーが M子にどなった。M子は立ち上がったまま俯いて黙っていた。私はハンカチで顔を拭きながら立ち上がった。六畳間の座テーブルで食事していたが、Cは私たちと玄関の間に立ちふさがる格好になって、私に何か言いかけた。私は右腕を突き出して、Cの顔を殴りつけた。Cはよろけて後退り、パートナーが私に摑みかかってきた。耳の奥で叫び声が反響していた。

気がつくと、私はM子と二人深夜の路上にいた。M子は私の右腕に両手を回し、固く摑みながら泣いていた。「私らのことは私らしかわかれへんねんから」「あの人らにわかるわけないいねんから」「誰にもわかれへんねんから」「あなたのことは私にしか分かれへんねんから」というような言葉を、喉の奥から呪文のように繰り返していた。

しばらくたった夜、M子の「発作」に気がついた。私たちのアパートには屋上に共同の物干し場があった。物干し場に洗濯物を抱えて上がったM子がいつまでたっても戻ってこない。不安にかられて行ってみると、M子はスリッパを両足とも脱ぎ捨て、駄々をこねている少女のように物干し場の板の間に足を広げて座り込んでいた。

はじめは人ではない何かが居るようで、ぎょっとして凝視した。何かは静かにゆっくりとたてにゆれていた。この世のあらゆる不安の種をかき抱いて、その種のはじけるのを防いででもいるように、両手を胸の前に抱きしめて頭をゆっくりと揺すっている。M子だった。

「どうしたんや、どうした」震えている体を抱きしめると、激しいイヤイヤをして振りほどこうとする。静かに低い声でうめきだした。無理やり立たせ、抱きかかえて部屋に連れ帰った。

連れ帰って、布団に寝かしたが、目からも唇からも細い透明な水の糸を引きずってM子は震え続けた。低い苦しそうなうめき声も止まない。奥歯を砕けるほど噛みしめたまま、M子の背中をさすることしかできなかった。それから二時間はさすっていた。体の硬直が緩んできたなと気づくと、激しい呼吸音にいびきが混じりはじめた。

そんなことがもう一度だけあった。

M子の発作は私という存在への根源的な拒否の身振りなのではないか？　そう思うと私も正気を失いそうになった。

医者に相談したらという私の言葉にもM子は「大丈夫だから、心配せんといて。不安がたまるとあんな風になるのよ、でも、もう大丈夫だから」と弱々しい笑顔を作る。その言葉は私の不安をなだめはしなかったが、私は自分の不安に閉じこもり、「見ざる、聞かざる、言わざる」の愚かな猿のように、日常のくりかえしの中に座りこもうとした。

離れていると不安でたまらないのに、一緒にいるともっと不安でお互いの心を閉ざし合うために軀を求め合う。辛い数週間が続いた。いつも不安だった。二人して見えない不安を煮る鍋の中に閉じ込められ、いつも不安と一緒に煮つめられていた。

そして、ある日突然、不安が形になった。

一九七一年二月五日、M子は二度と震えない姿、二度とうめかない声で、画廊から帰った私を迎えた。

私は、M子の両親との三つの約束を果たせなかった。


M子が死んで最初の一月、ほとんど私は記憶喪失の異星人のようだった。誰とも論理的な会話ができず、何一つ実際的なことはできなかった。

葬儀のこと、初七日のことはM子の両親が手配して、M子の実家で密やかに行い、私は表情をなくし、でく人形のようにただそこにいた。M子の両親とM子の死について話し合ったかどうか、……思い出せない。M子の両親が、M子の死について私を責めたことはなかった。M子の遺影の前で、その死が自殺であったことを誰かが口にすることはなかった。私の記憶している限りは。記憶喪失の異星人の記憶なぞ、なんの当てにもならないが。

その後、画廊を退職すること、アパートを解約することは、Iさん夫妻が面倒を見てくれた。Iさんは、私が所属していた学生運動組織の上部団体で、関西地区のまとめ役をしていたが、数年前に組織を離れていた。私たちが所属組織を離れ、『火急』という雑誌を拠点に新しい学生運動・思想運動を考えた時、一番頼りになるアドバイザー、ご意見番だった。『火急』は一号しか出せなかったが、そこに集まった仲間やIさんとの交流はずっと続いていた。Iさんは、一時淀川の水を近隣の工場に取水するための暗渠を保守管理する会社に勤めていたが、その会社で暗渠保守のアルバイトを『火急』の仲間とやっていたこともあった。

画廊を退職し、アパートを解約した私を、Iさんは自分たちの二間しかない借家に住まわせてくれた。二ヶ月ばかりも世話になっただろうか。川べりの細長い町を、毎日Iさんの幼い長女を連れて散歩ばかりしていた。その夢遊病者のような散歩が、私のにわか記憶喪失の治療に一番効果があったようだ。毎日散歩の距離と時間は長くなり、それに伴って少しずつ私に言葉と思考が戻ってきた。

その頃人形劇の人形作りを仕事にしていたIさんの奥さんは、いつも元気よく、忙しさを楽しんでいるように見えた。ある時、破顔一笑「あんたしっかりせなあかんヨ！　生きてる人の方が大事なんやから、必死なんやから」言われた言葉が、私の気持ちをふっと楽にしてくれた。この言葉は、その後折に触れて思い出した。

M子が死んで三ヶ月たった頃、私は佐々木幹郎の紹介で、当時佐々木が勤めていた大阪の医薬品業界誌に編集職として就職した。ようやく人に混じって働けるようになっていた。文字の連なりとしてだけでなく、意味のある言葉の連なりとして文章が読めるようにもなってきた。最初に読んだのがこの年の芥川賞を受賞した古井由吉の「杳子」だった。

一九三七年生まれの古井由吉は、一九六五年ドイツ文学者として立教大学の教職に就き、ヘルマン・ブロッホやロベルト・ムージルの翻訳をしていたが、一九六八年ごろから小説を書き始めている。一九七〇年に教職を退き、「杳子」や「妻隠」をはじめ次々と精力的に小説作品を書き始めた。そして一九七一年に「杳子」で芥川賞を受賞した。

古井が小説を書き始めた一九六八年から一九六九年は、ちょうど私が学生運動にのめり込んでいった時期であり、古井の勤めていた立教大学でも激しい大学闘争が起こっていた。古井が大学を去った一九七〇年は、私が大学を離れてM子との生活を始めた頃であり、七〇年安保闘争の熱気が過ぎ、大学闘争も下火になっていった頃だ。三島由紀夫が突然の死を選んだ年でもあった。そして、一九七一年一月古井が「杳子」で芥川賞を取り、二月M子が死んだ。そこに何の符合があるわけではないが、私にはこの作家とこの作品にこの時期に出会ったことが、何か必然のように感じられた。
古井由吉という独自の文体で知られる小説家が生まれるのにも、あの六〇年代後半、激しく吹き抜ける時代の風、疾風怒濤の時代の刻印が感じられる。文体の磁力のようなものが、私を古井由吉の「杳子」にひきつけた。

杳子は深い谷底に一人で座っていた。
十月もなかば近く、峰には明日にでも雪の来ようという時期だった。

この一行目を読んだ時から、私は杳子をM子と読み替えてこの小説を読んでいた。谷底に一人座る杳子の姿が、物干し台で震えていたM子に重なった。

後になって、お互いに途方に暮れると、二人はしばしばこの時のことを思い返しあった。二人はそのつどそのつど、この奇妙な出会いをきれぎれな言葉で満たしあった。

M子の「発作」を、私は見なかったことにしようとした。聞かなかったことにしようとした。だから、私たちは話し合わなかった。そのことをなかったことにしようとした。

ところが、あの出来事を細かに思い出そうとすると、彼はかならず不快なものにつきあたる。あの女の目にときどき宿った、なにか彼を憐れむような、彼の善意に困惑するような表情だった。〈あの女は、あそこで、自殺するつもりだったのではないか〉という疑いが浮びかけた。

「大丈夫だから、心配せんといて。不安がたまるとあんな風になるのよ、でも、もう大丈夫だから」と弱々しい笑顔を作ったM子の目を思い出した。そこにも私を憐れむような表情が隠されていたような気がした。

「ああ、美しい。今があたしの頂点みたい」

杳子が細く澄んだ声でつぶやいた。もうなかば独り言だった。彼の目にも、物の姿がふと一回限りの深い表情を帯びかけた。しかしそれ以上のものはつかめなかった。帰り道のことを考えはじめた彼の腕の下で、杳子の軀がおそらく彼の軀への嫌悪から、かすかな輪郭だけの感じに細っていった。

これがこの小説の最後の文章だ。

杳子の「病気」は、小説の語り手である「彼」との交際から始まったものではない。彼との交際によって杳子の病の表れ方は少しずつ変貌していった。彼も不十分ながらも何かを学びとった。杳子との関係が余計な緊張をしないように心がけた。そして不安の中にも、杏子に生きる意欲が蘇ってきた。

M子の「発作」は、私との生活から始まった。そして、私はM子の発作から何も学ばなかった。M子の死を防げなかったのは、だからなのだ。一読後、私はそう考えて、激しく自分を責めた。

「今からでも遅くないわ」深酒をした夜、そうM子に呼びかけられている気がして危うい行いをしたこともあった。しかし二十三歳の私の軀はしぶとく生に執着した。

「あんたしっかりせなあかんヨ！　生きてる人の方が大事なんやから、必死なんやから」Iさんの奥さんの言葉が私を生かした。

「杏子」をもう一度ていねいに読みなおした。そして、人は誰も、男も女も生きることの辛さから逃れることはできないが、それでも生きること、人が人を愛し信じようとすることには、あえかな希望を託す値打ちがあるんだ、という生への希望が主調低音になっている、と読んだ。自分の読みたいように読んだのかもしれないが。

M子の生の輝きを生き生きと匂い立つように思い出し続けよう。私が生きてM子を思い出し続ける限り、M子の生の痕跡は残り続ける。生きよう。生かそうM子の思い出を。かすかな輪郭だけの感じに細っていこうとも。「杳子」は私が生きるために最後の断崖絶壁を乗り越える細いザイルになった。

一九七二年一月はじめ、M子の実家を訪ねた。一周忌を前にして、M子の遺骨を二つの骨壺に分け、M子の両親と私がそれぞれの墓に納骨することにした。それまでは、ずっとM子の実家の仏壇に供えられていた。M子の両親の寂しさにふれないよう、M子の実家に近づかないようにしていた。M子の初七日がすんで以降、会っていなかった。四十九日も、一緒にはやらず、それぞれでした。私はM子とよく行った梅田の喫茶店や本屋をはしごして回った。M子をありありと思い出そうとした。

一九七二年二月四日、私は桐の箱に入れた骨壺を持って汽車に乗った。瀬戸内海に面した寂しい城下町に帰るのは一年ぶりだった。一年前の正月に帰省した時は、M子も一緒だった。その時撮った何葉かの写真がM子の最後の写真になった。そのうちの一葉を財布に入れていた。実家の居間で私は軽く腕組みをして、少し首を左に傾け、目線もカメラの方を見ず、左方向にそらしている。私のすぐ左にM子は振袖姿で正座して、まっすぐにカメラを見つめている。ぷっくりとした今にも何か話しだしそうな口元で、レンズの奥を見つめるような遠い目をしていた。

汽車の中で、風景を眺める余裕もなく、本を読む気もせず、じっと緊張しながら父に最初に言う言葉を探していた。

電車がすれ違うたびにコトコトと音がする。桐の箱はM子の好きなもののひとつだった。その箱の中で骨壺が揺れて、桐の枠にぶつかっている。かさかさに乾燥したM子の骨もぶつかり合っているのだろう。

父との会見は悪く予想した通りになった。二つの理由で、本家の墓にM子を入れることを拒まれたという。一つは私とM子の籍が一つになっていなかったこと。二つは父が分家だから、ということだった。どちらも私には納得できない理由だった。父は言いにくそうに言ったが、私は父の親族の間で全く不名誉な男になってしまっているそうだ。母は黙っていたが、父との話し合いが物別れに終わった後、こっそり私に汽車賃を渡してくれた。

「無理に本家の墓に入れんでも、あんたがうちの墓は作りなさい。お父ちゃんはうちの墓作ってくれそうにないから、あんたが作って」母は苦しそうな笑いを浮かべて、小声で早口に言った。

一年前、一九七一年の正月、最初で最後のM子と一緒の帰省の時、父はM子に「きれいやなあ、(着物が)よう似合う、べっぴんさんや」と言い、母にM子のために気を配ってやるように何度も言っていた。しかし、私は父の態度に芯から温かいものを感じることはできなかった。どこか他人行儀な気がした。

母はM子と会うのをとても喜んだ。はしゃいでいると言っていいぐらいだった。しかし、私と二人になった時、「きれいな子やけど、暗いなあ。なんかあるのかなあ」と言った。母が半年家を出ていたときのことをふっと思い出した。M子の発作のことを相談しようかと瞬間思ったが、私は母に何も答えず、気弱に笑い返しただけだった。

家の仏壇にM子の桐の箱を置いて、父、母、小学生の弟と焼香し、般若心経を読み、久しぶりに家族四人で食事した。以前にも増して昏い静かな茶の間だった。一泊するつもりで着替えを持ってきていたが、桐の箱とともに、その日のうちに大阪に帰った。

一九七二年の一周忌にM子の骨を納骨できなかったことで、M子の死以来の短期記憶の混乱は完治した。目の前の現実に実際的に対応する力が甦ってきた。

「とにかく生きていこう。墓を作ろう」気分が落ち込みそうになると、そう口に出してみた。そう言ってみても、少しも気分は楽にならないが、軀の芯に力がみなぎるような気がした。若い軀が感じさせる錯覚だったろう。錯覚だが、それでもいいと思っていた。

一九七二年以降、ベトナムでの戦火も収まっていき（一九七三年に米軍が撤退し、一九七五年のサイゴン陥落で戦争は終わった）、学生運動は退潮期に入っていった。それと裏腹に日本の高度経済成長は七〇年代に一つのピークを迎え、経済至上主義の空気が日本社会を覆った。アメリカに次ぐ経済大国として世界から注目される一方で、「エコノミックアニマル」などという嘲笑的な言葉が日本人に投げかけられ続けた。

私たちの裁判は一九七七年に結審して、被告全員が執行猶予付きの有罪判決を受けた。控訴した者はいなかった。裁判は終わったが、私は何かが終わったという感じを持つことはできなかった。

M子を喪い、あらゆる団体活動を離れて、私は生き続けた。

M子のことを思い出し続けるために、生きようとしたはずなのに、十年、二十年の時の経過とともに、だんだんとM子のことを思い出すことが減っていった。時の経過が喪失の傷口をかさぶたで覆っていったのか、日々の生活をなんとか送るのに精一杯で過去の自分に向き合うことがなくなっていったにすぎないのか、わからない。わからないが、私はM子の生の様々な場面を思い出さなくなっていった。思い出すたびに心が揺さぶられることから逃げようとしたのかもしれない。

同時に、M子が死んでからの私の生の意味を考えることからも遠ざかった。意味など考える余裕なく、とにかく生きた、というのが近いかもしれない。意味を考えなくなったから、生き続けることができたのかもしれない。

大阪、東京、沖縄、東京と転居を繰り返し、編集、映画製作、輸入貿易業、教育産業と、仕事を転々としつつ生きた。

M子の死後、二度結婚した。一度目はM子の死の数年後だった。三人の子供を授かったが、この結婚生活は続かなかった。一九九二年、二度目の結婚をし、現在に至っている。

一九九四年の二月酷寒の頃に、Iさんの奥さんが亡くなった。人形作りの最中ガスストーブの火が衣服に燃え移った。屋内から路上に転がり出て、四十五日後に一度も意識を取り戻すことなく亡くなった。Iさんは、「ハナ唄はうたわない」と題した奥さんの追悼文集を作った。Iさんの「妻恋」の想いが作らせたその追悼文集は、装丁も寄せられた追悼文の数々も、亡くなった人と共にした過ぎ去った時間を愛おしむ気持ちにあふれていた。わたしは開くたびIさんと奥さんのことを思うと同時に、M子のことを思った。M子のためにどんな言葉も残していないと思った。

Iさんは、腹部動脈瘤が破裂して階段から滑り落ち、二〇〇〇年十一月に亡くなった。その通夜の席には、かつて一九六〇年代、七〇年代にIさんの広い懐を出入りした者たちが集まって、通夜には過ぎたる量の酒を飲んだ。私もそこにいた。Iさんの遺影の前で、果てることなく続いた一夜を佐々木幹郎が詩にした。

草原の犬

偉大な人は
死んでから笑った
柩の中で
うんざりした顔をして

もういいから　はやく眠らせてくれ
と言った
この顔はそう言ってるな
友人たちも　その声を聞いた

偉大な人は

何も書かなかった
彼が死んだ後
通夜の席で木魚を叩き
木魚の棒が折れるまで
みなで猥歌をうたった
かっこよかったな
言葉を残さず　世に残ろうと思わない生涯は

偉大な人は
死ぬ前に愛人に思い出話をした
その後で階段から転げ落ちた
一瞬にして　夢の雲の中へ入った

眼下に緑のシャムロックの生い茂る草原があった
ブラックベリーが黒く熟す小さな道を歩き
石をくわえて走ってくる犬に出会った
犬は口から小石を落とした

小石を遠くに投げると犬は追いかけ
再び戻ってきて
口から小石を落とした
きみの魂はどの高さを飛んでいる？

何の意味もない
百回投げて百回戻ってきた
そんな犬がいるんだ
草原の向こうには

われわれの腐乱は早い
白く濁ったブラックベリーの一粒から
腐乱は
一直線に始まる

詩を書いて　世に残ろうとするなんて
違うな
死んだら
きみの魂はどんな高さを飛びたいのか?

三十年前　大きな入江近くの丸太小屋で
偉大な人はわたしに聞いた
月の光があった　貧しい路地があった

その軒先ほどの高さを
答えを聞いて彼は言った
違うな　もっと低いんだ
死んだら　魂は瑠璃色に輝いてね
人の胸の高さを飛ぶんだよ

偉大な人は
死んでから笑った
柩の中で
うんざりした顔をした

もういいから　はやく眠らせてくれ

人は他者の死を体験することはできる。その他者が切実な他者ならば、激しく、深く心を揺さぶられる。しかし、自分の死は体験することができない。自分の死を体験するのは、自分以外の誰かなのだ。だから、死んだ人の魂は、生きている誰かの胸の高さを飛んで、「大丈夫だから、もう眠らせて」と物言えぬ自分の本意を感じ取らせようとする。そして、時の経過と共に、生き残った者の喪失感が緩やかに薄らいでいくと、死者の魂はいつか生きる誰かのそばを離れていく。

佐々木の詩は、そんなことを私に思わせた。佐々木の詩を読んで、Ｉさんのことだけでなく、Ｍ子のことを深く思い返した。そして、Ｍ子を喪った私の喪失感が薄らいでいないことに気がついた。Ｍ子のことをあまり思い出さなくなっていたのは、Ｍ子の自死を防ぐことができなかった自分を許すことができず、ただ目を背けていただけだったのだ。Ｍ子の魂は、私の胸の近くと、どこかはるかに遠いところとを、ゆっくりひっそり行き来していたのかもしれない。

六

二〇〇六年一月十八日、父が死んだ。享年九十三歳。一九三一年の満州事変から、一九三七年の盧溝橋事件に始まる日中戦争、そして一九四一年の真珠湾攻撃に始まり、一九四五年のポツダム宣言受諾で終わる太平洋戦争まで十五年間にわたる長い戦争時代を、大日本帝国陸軍の職業軍人として、中国大陸、フィリピンと転戦した。父は、戦争前に当時の高等小学校（六年制の尋常小学校に続く二年制の学校）卒業後、十五歳で軍隊に「就職」した。そして国内で訓練を受けた後、中国の東北部に送られた。

「あの頃は、凶作で農業はガタガタの上に、長引く不況でいっつも腹すかしとったわしらみたいな者には、軍隊が一番有望な就職先だったんじゃ」子供の頃、戦争の話をせがんだ時に、そんな話を聞いたことがある。

「戦争はいけん。戦争なんかしちゃいけんのじゃ。ええことは何もなかった」と言って、子供が望むような劇画的な戦闘場面の話はしてくれたことがなかった。

父は、自分はごくありふれた軍人だった、と話していた。小学生の私は、父に戦争の話をせがんでは、はぐらかされて少しがっかりした。父を見くびるような気分に捉えられた時もあった。ありふれた軍人というのが、戦後生まれの自分が感じるのとはずいぶん違うのだ、と気付いたのは、もっとずっと後になってのことだ。

基本的に頭が低く、人のことを悪く言うのを聞いたことがなかった人なのに、私が高校生になった頃、何かの時に中国人のことを差別的な用語で呼んで、私をえらく驚かせたことがあった。戦争時代に中国人のことを指す兵隊用語だったらしい。その時の父の声音には、どこか軽侮の響きが感じとれて、私の高校生らしい正義感と反抗心を刺激した。

敗戦時に、父はフィリピンの軍病院にマラリアで入院中だった。数ヶ月して、敗戦後の混乱が続く中、なんとか帰国できた。そして、敗戦直前は准尉だったらしいが、敗戦後も事務手続き上存続していた陸軍省の特別措置で一階級進級し、少尉としての軍人恩給をもらえるようになった。当時「ポツダム少尉」と呼ばれた仕組みだ。戦争に負けたのに戦争が終わった後に位が一つ上がって、もらえる恩給額も上がったのだ。

帰国後、静養を兼ねて、農家から農作物を仕入れて都市部で売るために、中国山地の奥深い農村の旅館に滞在した。その際、旅館の当主に気に入られて、その家の長女と結婚した。その長女が母だ。

母は、その旅館の当主の親戚筋からもらわれてきた養女だった。遠い血の繋がりはあったそうだ。おばあさんに子が生まれないので、母が養女としてもらわれてきた。将来然るべき人と結婚して旅館が継承されることを期待されたのだろう。

ところが、母が養女に来て数年後に旅館の当主であるおじいさんが、旅館の仲居に子を産ませた。当時としては珍しくないことだったそうだが、この件以外でもおじいさんは色々と女性関係が賑やかな人であったらしい。その子が私の叔父、母の弟ということになった。跡取り息子の誕生ということだったのだ。その子の母である仲居は、まとまった金品を持たされて実家に送り返されたらしい。

父は、母の言によれば、戦争のことも、戦後社会のこともどこか投げやりな話ぶりで、本音のよくわからない人だったらしいが、約束を守る実直な人柄がおじいさんに気に入られた。父と母は、結婚後しばらくして、旅館を離れ、大阪に向かった。

父は戸籍上は、大正四年（一九一五年）生まれだが、実際は大正二年（一九一三年）生まれだった。当時はよくあることだったらしいが、生まれても届出をせず二年が過ぎてから、何かの用で届ける必要ができて出生届を出したらしい。母と十二歳年が離れていた。

母は、自分が養女であることを女学校入学のために戸籍謄本を取り寄せた時に知った。そして、それまで実母だとばかり思っていた優しいおばあさんを責めたてて、おじいさんの行状を聞き出し、弟の出生にかかる秘密も知った。

「ほんまにねえ、ようおばあさん我慢してはった。わたしにはできんわ。お父ちゃんにお金の苦労はさせられたけど、女の苦労はなかったのが、せめてもの救いやったねえ」と、父が頚椎の手術で入院をした時、父が眠るベッドの脇で母は自分自身に言い聞かせるように呟いた。

母は女学校の女学生時代に、呉の造船所に勤労動員されていた。勤労動員された女性たちを女子挺身隊と呼んだ。女子挺身隊、最初に母の口から聞いた時には、何だか大袈裟な呼び名だとしか感じなかった。思春期の女子が国家の非常体制を支えるために働く姿などとても想像できなかった。よほど強権的に押さえつけられていたのだろうとしか考えられなかった。

しかし、二〇一一年三月十一日の東日本大震災の後、メディアから始まり国中に「絆」という文字、言葉が溢れて、人々の被災地支援が拡がった時、ああ、戦争中の「お国のため」とか「兵隊さんのために」という言葉も、実は同じようなことだったのかもしれないと思った。人々の感受性や感情を一色にする魔法の言葉が、この国の危機の時代には生まれやすいのかもしれない。

戦後に生まれ育った私に、挺身隊という言葉を語った時の母の独特の口調を思い出す。自尊（「わたしも自分を犠牲にして、やったことがあるのよ」）と自卑（「馬鹿馬鹿しいと思うでしょうけど、仕方なかったのよ」）の感情が争っているような複雑な口調を。

父は七十五歳で肺癌と診断され、県の公立病院に入院して放射線による治療を受けた。八十歳の頃にはその放射線治療の副作用から、頚椎に異常が生じたと診断され、同じ病院で頚椎の骨を削り取るような荒々しい手術に耐えた。八十歳を超えてからは糖尿病に苦しめられ、晩年には大好物の酒をはじめ様々な嗜好品を我慢したが、何度かの入退院を繰り返しつつ弱っていった。いずれの時にも、痛いとか、辛いとか、の泣き言を口にしたことはなかった。

ただ一度だけ、頚椎の手術をして一週間ほど病院のベッドで、ミイラのように包帯でぐるぐる巻きにされて身動きならなかった時に、痛くて死にそうだと言ったと後に母から聞いた。

「ほんまに珍しかったわ。お父ちゃんが痛いっていうなんてなあ。でも死にそうに痛いと言うても、決して死にたいとは言わなかったんよ」と母は苦しそうに笑った。

父が亡くなったのは、肺炎の症状が悪化して入院した病院で、明け方干潮の頃だった。私も前日から弟と一緒に病院に詰めており、静かな最後を見送ることができた。前夜まで肺炎の症状に苦しめられていたのが嘘のように穏やかな顔で旅立った。

一九七二年に、M子の遺骨のことで父や父方の親族と揉めて以来、私は意固地な気分に捉えられ、ほとんど実家に帰っていなかった。たまに帰っても数日の滞在で、父と膝を交えて話すことはなかった。私が生まれる前の父の戦後人生については、父が入退院を繰り返すようになって、何度か帰省した時に母から間接的に聞いたことだ。

母の人生が養子として始まり、戦争中の女学校入学時にそのことを知ったことも、同じ時期に聞かされたことだ。私はずいぶんと長い間、自分の両親の運命が動いた時のことを知らぬまま生きてきたのだ。

父の死を通して、私は両親のこと、そして両親が必死に生きた戦後という時代のことを、改めて考えるようになった。それは、私自身が戦後を強く意識し始めた二十歳前後からの四十年近くの年月を振り返ることにつながった。それは何よりも、M子の死の意味、M子を亡くしてからの私の生の意味を考えることでもあった。

父の死後しばらくして、一九九九年以来住んでいる湘南の自宅から車で三十分の霊園に、墓を建てて、父の遺骨と大阪の公営納骨堂に預けてあったM子の遺骨を納骨した。母に墓を建てろと言われてから二十五年が過ぎていた。

父の死からそろそろ四年が経とうという二〇〇九年十二月六日、母を預かってもらっていた湘南の老人病院から、母危篤の知らせが入った。私はたまたま仕事が立て込んでいた時期だったが、職場からすぐに病院に駆けつけた。老人病院に着くと、妻が病院入り口で待っていて、一緒に母の病室に入った。中年の院長とベテランらしいキビキビした動作の看護師が母についていてくれていた。

院長は柔和な表情で「一旦持ち直しました」と私に告げた。

「いつまで持ちますか？」私は聞いた。少し考える様子だったが、院長は「はっきりとは言えませんが、今の様子なら数日ですかね」と答えてくれた。

母は、私たちの呼びかけに薄眼を開ける程度の反応しか示さなかったが、それは認知症が進んだここ数年のいつものことだった。痩せて認知症患者特有の表情のない尖った顔をしていたので、九十三歳で亡くなった父と同じぐらいの年恰好に見えたが、八十四歳だった。その日は一旦帰って、翌朝から妻が病院に付き添うことを夫婦で話し合って決めた。その夜、中国地方の役場に勤める弟に電話をして、可能なら病院に来るように伝えた。翌朝、私は職場に出た。

その日の昼前、母が亡くなったと妻から電話が入った。私はすぐに弟に電話をして母の死を告げ、できるだけ早く来るように伝えた。

両親は弟が結婚してからも、夫婦共稼ぎの弟一家と同居していた。父は頚椎治療のための二度目の長期入院から自宅に帰ってきて、しばらく小康状態が続いたが、二〇〇〇年代に入って糖尿病を発症し入退院を繰り返した。

母はその頃から認知症を発症し、徐々に症状が進行していった。ある時、ガスコンロにやかんをかけて点火したまま忘れて昼寝をし、もう少しでやかんが溶けだすか爆発するところで、父が気づいて事なきを得たこともあった。そんなことがあって一時的に私たち夫婦が預かって同居した時期もあったが、長く一緒に暮らした弟の子供達、二人の孫たちと離れて暮らすのが辛いと、また弟夫婦との同居に戻っていった。

それからしばらくたったある日、父が珍しく私に電話してきて、母の認知症の進行具合をくどくどとしつこいくらいに説明したことがあった。私が福祉の専門職を養成する学校に関係していたので、母を預ける施設を探して欲しいということだった。母を施設に入れることには心理的に大きな抵抗を感じたが、両親を弟夫婦に看させているという負い目のような意識があった私には、父の依頼を断ることはできなかった。

初めは、弟一家が見舞いに行きやすいように、中国地方に近い兵庫県の施設に預けたが、そこでも徘徊が止まず、ベッドから落ちて腕を骨折してしまった。また、夜眠れないと大きな声で喋り続けたり、周りに迷惑な行為が止まなくなった。そこで妻とも話し合って、母の最期を看取るつもりで私たちの住む湘南地方で認知症患者の受け入れをしてくれる老人病院に転院させたのだった。

老人病院に入所して以来、初めは週一で、そのうち月に一度か二度見舞いに行き、その都度母の認知能力が低下していくのを見てきた。亡くなる一年以上前から、私を息子として認知することはなくなっていた。だから、母の死に徐々に慣れていっていると思っていた。

間違っていた。慣れることはできていなかった。母の死という具体的な事実を突きつけられて、自分が自分であることをつなぎとめている最後の細い糸が溶けてしまったように感じた。

父とM子が眠る墓に母の遺骨も納骨した。

二〇〇五年に『あの夏、少年はいた』という「奇書」（和田周）が出版された。当時七十一歳の男性映像作家と、八十一歳の女性歌人が二〇〇三年、二〇〇四年にかけて交わし合った往復書簡集だ。

人間の生きる力を信じさせてくれる素晴らしき「奇書」だ。戦争中の九歳の少年と、十九歳の女学生が、あるきっかけで五十九年ぶりに文通し合うようになる。最初の手紙のやりとりは二〇〇三年の八月だ。かつての感受性豊かな少年が、初恋の教生先生に五十九年ぶりのラブレターを書き、先生が深く心を揺さぶられて返書し、二人の文通が始まった。書いている人の年齢を忘れさせる瑞々しい手紙のやりとりが続き、戦争中の少年時代がいきいきと蘇る。この二人の文通に感じることのあった二人と同世代の知人たちも文章を寄せている。

映像作家は岩佐寿弥、歌人は川口汐子という。奈良で生まれ育った奈良女高師付属国民学校四年生の岩佐少年の前に、奈良女子高等師範学校の雪山(旧姓)汐子が教育実習生(教生)として表れる。一九四四年春のことだ。そして、汐子先生の三ヶ月の教生生活が、岩佐少年にとっての初恋の刻、至福の時間となった。

ところが、汐子先生は一九四四年九月に師範学校を卒業するとすぐ、その年の十二月に川口海軍大尉と結婚し、夫の任地に後を追って転住した。以来五十九年間お互いの消息は途絶えていた。そして、五十九年後、たまたま再放送されたテレビの終戦記念番組の中で岩佐が汐子先生のその後の姿を見つけて文通が始まった。

人と人との出会いと別れに関するあらゆる偶然は、因果関係の見えない必然、我々の想像をはるかに超えて広大な天の配剤だ。だから、どのような偶然も、後から考えると、どこかに必然の法則が読める。岩佐は汐子先生に再び巡り会う必然、運命の糸に導かれていたのだ。

君が機影　ひたとわが上に
さしたれば　息もつまりて
たちつくしたり
川口汐子

（川口汐子　岩佐寿弥『あの夏、少年はいた』）

汐子先生の夫、川口大尉は海軍航空隊の特攻隊長として、八月二十二日出撃予定だった。八月十五日に終戦になったので、命をながらえたのだ。汐子先生はこの短歌と共にテレビ画面に表れ、たちまち岩佐はあの戦争中の日々に引き戻された。友や先生と魂触れ合う日々に。

岩佐寿弥は、岩波映画で羽仁進の助監督をした後、フリーランスになり一九六〇年代末から一九七〇年代に、「ねじ式映画—私は女優？」（一九六九年）、「叛軍No.4」（一九七二年）、「眠れ蜜」（一九七六年）など実験的な作風の映画を監督した。私は、「叛軍No.4」の上映会で岩佐と初めて出会った。岩佐は、私のM子を失った痛手からの回復を支えてくれたIさんの同郷の友人で、岩佐も若い頃、Iさんに映画監督への進路決定を応援されたらしい。Iさんが私を上映会に呼び出し、上映終了後、岩佐を紹介してくれた。上映会後の感想会には、主演の和田周（三十年後、『あの夏、少年はいた』に「奇書」と題する協賛文を書いた俳優兼演出家）や、佐々木幹郎もいた。

その時は「シネマ・ヴェリテ」（映画の真実）というフランスのヌーヴェルヴァーグ派（J・L・ゴダールら）が主張した映画作法に過剰にこだわりすぎていて、固定カメラで独白や会話をとったシーンが長すぎ、映像の転換でイメージが次々展開していく映画本来の面白さをなくしていると、生意気なことを私は感じていた。あまりピンとこなかったのだ。しかし、Iさんの紹介ということもあり、「叛軍No.4」の上映会を組織していく手伝いは引き受けた。

必然的に、何度も同じ映画を見ることになった。そして、何度も見るうちに、役者と観客の間にあるカメラの存在を意識し、映画を作っているという行為自体を映画にする、という二重文体のような岩佐監督の方法論がだんだんに納得されてきた。

私はいつのまにか岩佐監督の映画文体に絡め取られ、気がついたら岩佐監督第三作「眠れ蜜」の制作を担当することになっていた。「眠れ蜜」は、二十代、中年、老女の三世代の女優が主演する三話のオムニバス形式の映画で、脚本は佐々木幹郎が書いた。「眠れ蜜」は自主制作・自主上映で、作るのも、観客に見せるのも全て自前でやった。一九七四年ごろクランクインして、一九七六年に完成し、全国のホールや映画館を借りての上映会を一年間続けたが、制作費を回収することはできなかった。映画制作の収支も、自分の家計の収支も大幅な赤字であった。

制作中も、上映活動を続けている時も、次から次へと難題が起こり、特に持続的な資金不足には苦しめられた。しかし、苦労に思わなかった。目の前に降りかかってくる現実の困難に対処して悪戦苦闘していると、M子の死によって開いた胸の空洞を意識しないですんだ。

岩佐監督は決して弱音を吐かない人だった。この人の人生訓らしいことが、『あの夏、少年はいた』にある。

〈どうしようもない〉ということについては、いつも考えています。〈どうしようもない〉ものはどうしようもなく受け止めるしかなく、そこから立ち向かうところが〈生の領域〉ではないのかと……

私は、「眠れ蜜」の上映会で一年間全国を回った後、映画作りの現場を離れ、転居したこともあって、岩佐監督とも疎遠になって三十年ほどが過ぎた。

岩佐さんが、少年時代の憧れのマドンナと再会したらしいという話は、誰かから聞いたような気もするが、定かではない。二〇〇五年、岩佐さんから『あの夏、少年はいた』の出版記念会に招待されるまでは、あまり関心を持っていなかった。父の糖尿病と母の認知症や自分の目の前の生活に縛られて視野狭く生きていたのだ。

出版記念会で、川口汐子さんが姫路在住の歌人で児童文学者だと知ったが、実は、私が一九九二年に結婚した妻の実家が姫路で、義母が川口汐子先生（元姫路市教育委員長も務めた）をよく知っていることもわかった。それやこれやで、岩佐さんとの家族ぐるみの交流が再開した。

『あの夏、少年はいた』出版の翌年、そして父の死から五ヶ月たった二〇〇六年六月、岩佐さんに誘われ、岩佐夫婦と私たち夫婦で、一緒にスペイン旅行をすることになった。

一九三六年に始まったスペイン戦争から七十年が経っていた。岩佐さんが二歳、私はまだ生まれていない頃の遠いヨーロッパの端で戦われた戦争だが、二人とも青年期に大きな影響を受けていた。

岩佐さんは、この旅の後に早稲田大学で講演し、こんなことを語っている。

（スターリン体制からの自由を求めるハンガリアの民衆がソビエト軍により圧殺された一九五六年のハンガリア事件に、学生時代の岩佐さんが衝撃を受けたことを語った後）

スペインの内戦は、このハンガリア事件よりもちょうど二十年前に当たるのですが、私のスペイン戦争への関心は、このハンガリア事件を通して深まっていったといえます。（中略）とりわけこの戦争に関わった人たちへの思いが私自身にだんだんと乗り移ってきたのです。こうした思いは私たちの世代の学生の一つのパターンでもありました。恐らく惹きつけられていたのは、内戦に参加した個々人の〈希望と絶望〉の極限的な体験への思いであったのでしょう。

（岩佐寿弥「七十年後のアラゴンを訪ねて」『スペイン内戦とガルシア・ロルカ』所収）

一方私は、高校生の時にヘミングウェイを通じて、スペイン戦争に歴史的事件というより男の生き方を考える物語の舞台として、心ひかれていた。大学に入ってからのスペイン戦争への興味、関心は、イギリスの詩人W・H・オーデンはじめ多くの文学者が義勇兵として参加したことに向いていた。左翼を嫌うスペイン人神父に、教会が経営するアパートを追い出されても、スペインという国への興味と関心は続いていた。

一九七一年のM子の死によって、他の多くの興味・関心の対象と共にスペインも一時私の頭から姿を消した。一九七二年の一周忌をめぐる実家との確執で、私の現実感覚は戻ってき、一九七三年にはスペインへの思いも甦った。きっかけは日本で一九七三年に翻訳出版されたドイツの詩人H・M・エンツェンスベルガーの『スペインの短い夏』（野村修訳）という本だった。この本で、多くの文学者が義勇兵として戦ったスペイン戦争の一番の主役が、名もなきアナーキストたちだったこと、そしてスペイン・アナーキストを代表する象徴的な人物としてブエナベントゥーラ・ドゥルーティを知ったことが、私のスペイン戦争への関心を再び呼び覚ました。

エンツェンスベルガーは、一九二九年に生まれたドイツの戦後詩を代表する詩人で、『スペインの短い夏』は、一九七一年から一九七二年にかけてドイツのテレビ番組のために行った有名無名数百名に及ぶ人々へのスペイン戦争に関するインタビューと、スペイン戦争に関する膨大な文献史料をエンツェンスベルガーが編集して書き下ろした。

「あまりにも冒険小説そっくり」の生涯を貫き、四十歳で銃弾に倒れた後残された財産が「下着の着がえ一回分、ピストル二、双眼鏡一、サングラス一」だったブエナベントゥーラ・ドゥルーティというアナーキストのヒーロー像を、多くの同時代人の証言や著書からコラージュして描きながら、同時に一九三六年のスペインそのものを「伝説として、叙事詩として、集団的なロマンとして」描き出している。

スペイン戦争は、アナーキスト、共産党、社会党などの左派が連合した人民戦線政府に、フランコ将軍らに率いられた軍部が反乱を起こした内戦である。

一九三六年に反乱軍が蜂起した当時の西欧諸国やアメリカは、中立的な立場をとり不干渉政策をとったが、ヒットラーのドイツと、ムッソリーニのイタリアは反乱軍に積極的な軍事支援をし、軍事的には反乱軍有利に進んだ。一方の人民戦線政府には、世界各国から義勇兵として政府軍に参加する人が大勢集まった。「民主」とか、「自由」とか、「解放」とかの言葉を信じる人たちが、その信じる言葉を守るために銃をとった。

国家としてはスターリンのソビエト連邦が人民戦線政府を支援したが、ソビエトは人民戦線政府の内政にも干渉した。その結果、政権内部の争いが軍事的な衝突まで生み、政府側は内側から弱っていった。そして一九三九年、人民戦線政府がフランスに亡命して内戦は終わった。その後は、フランコ独裁体制が一九七五年にフランコが死ぬまで続いた。同時に、人民戦線側に立った人たちを狩り立て処刑する凄まじい落ち武者狩りが長く続いた。


旅はバルセロナから始まった。まず到着日にいきなり事件が起こった。バルセロナの観光名所カテドラルのちょうど正面に向き合うホテルに入って、ほっと部屋で一息ついていた時だ。控えめなノックの音がした。開けると岩佐夫妻が立っていた。岩佐さんは苦笑交じりだが、岩佐夫人はしょんぼりしている。

「ちょっと買い物に出たの。大したもの買ったわけじゃないんだけど、どうも後をつけられたらしいのね。可愛いい少女たちなのよ。小学生か、せいぜい中学一年生ぐらいかなあ、女の子が三人。あんな子たちが、あんなことするなんて」と岩佐夫人が嘆いた。

旧市街一の商店街であるランプラス通りに出て、ぶらぶらとウインドゥ・ショッピングを楽しみ、細かな身の回り品を買ってホテルに帰ってくるのを、ジプシー少女強盗団につけられていたのだ。

その子達は、カテドラル前の観光客が散策する通りを何事か楽しそうに喋りながら、岩佐夫人の数歩後ろを歩いていたが、岩佐夫人がホテルの入り口ドアをあけて風除室に入った瞬間二人の子が一緒に風除室に入り込み、もう一人はドアの前に立って通りからの目隠し役をした。岩佐夫人が何事かと振り向くと、中に入っていた一人が岩佐夫人の脇をすり抜けてホテル内に入るドアを押さえ、もう一人が岩佐夫人のバッグをひったくってホテル外で目隠し役をした仲間に渡した。岩佐夫人がその子を追って外に出た時には、その子は走って十メートルばかりも逃げていた。それでも声を上げて追ったが、通りを曲がって姿を消されてしまった。振り向くと、風除室に入り込んできた二人ももう姿はなかった。そんな話だった。

岩佐さんが、「ユーロもカードもパスポートも全部あのバッグの中やったからねえ、困ったことになったもんだよ」と言ったが、事態の深刻さの割には、どっか楽天的な響きがあった。

「パスポートなしやと、これからの旅行続けるの無理ちがいます？」

「とりあえず、まず日本領事館に相談するよ」

「すぐ手を打ったほうがいいですね」

「そうだねえ。アベル・パスさんのアポイントまでまだだいぶ時間があるから、頼んであったガイドさんに早めに来て領事館まで連れて行ってくれるように電話してみるよ」

アベル・パスとは、岩佐さんが日本から訪問アポイントを取っていたアナーキストの歴史家で、スペイン戦争、特にブエナベントゥーラ・ドゥルーティの研究者として、日本でもスペイン戦争に関心のある人たちには知られていた。このアベル・パス氏に会って話を聞くことだけが、今回スペインにくる前に決まっていた予定だった。男二人が話している間、女性二人はショッピングの話などし始めた。どうやら岩佐夫人も

〈どうしようもない〉事態を受け止める耐性には富んでいるようだった。

それから一時間後に、岩佐夫妻はバルセロナの日本領事館を訪ねて、日本の本籍所在地の役所と連絡をとり、たしか翌日には臨時のパスポートを発行してもらえることになった。スペイン人と結婚してバルセロナに住む日本人女性ガイド兼通訳さんが、手際よく動いてくれた。

岩佐さんたちが領事館に行っている間に、私と妻は銀行を探して街へ出た。ランプラス通りの突き当たりにあるカタルーニャ広場に行ってキョロキョロしていると、バルセロナ郵便局があった。ファシストが蜂起した時にも、共産党とアナーキストが政府内の内紛で発砲しあった時にも、郵便局はアナーキストの拠点だったのでは、と思って建物の壁面をじっと眺めていると、確かに弾痕をセメントで塗りかためたような跡が無数にあった。……バルセロナの陽に炙られて、白日夢を見たのかもしれない。

取り敢えず旅行中に必要な金額のお金は、私が銀行からおろして貸してあげて、初日でつまずいた旅行を無事続けることができることになった。

「ありがとう、ありがとう、万事よろしく収まりました」岩佐さんは、新しいユーロ紙幣を受け取りながら、相変わらず肩の力を抜いて柔らかく笑った。
「ごめんなさいねえ。あなたも気をつけてね」岩佐夫人は私の妻に言った。
「はい」妻は邪気なく笑った。

アベル・パスは古いアパート街に住んでいた。十五歳からスペインの内戦を経験し、フランスでの亡命生活もスペインでの牢獄暮らしも長かった八十代半ばの老アナーキストとの会見は、岩佐さんの早稲田大学での講演録から引用しよう。

Q「貴方は十五歳で内戦を戦ったのだけれど、いつアナーキストになったのか?」
A「私が生まれたとき、私の両親は二人ともすでにアナーキストだった。家は大変貧乏だった。私は八歳のころからお金を稼ぐために街に出ていた。これは当時スペインの一般的な状況であった。そんなことで、私は気がついたらアナーキストだったんだ」

Q「今も貴方はアナーキストか？」
A「勿論！　アナーキストは世界の希望だ」
Q「スペインのアナーキズムに希望はあるか？」
A「勿論！　アナーキズムは文化的な運動だ。私は一九七二年に〈ドゥルーティ〉に関する本を出したが、その時よりも昨年（二〇〇五年）に再販したときの方が売れ行きがよくなっている。これは若い人がアナーキズムに関心を寄せるようになった証拠といえる」
Q「終生アナーキストであった貴方から見て、これからの世界はどこへ行くとお考えか？」
A「自分は自分のやるべきことをやってきた。後のことは知らない」

「アベル・パス、見事な人でしたね」アバル・パスと別れて、ガイド兼通訳さんおすすめのレストランで夕食を始めた時、私が言うと、岩佐さんはしばらく考えてから言った。

「インタビューで大事なのは、正面から相手を見て、相手の表情、そして部屋の空気をしっかりと読み取って、その瞬間の真実をとらえることなんだけど、あの人は、そんなこちらの意図によく答えてくれたよ。アナーキストの生涯を貫いて見事だし、スペイン・アナーキズムの歴史的な厚みみたいなものも感じたね」

私は、その言葉を聞いて、エンツェンスベルガーの『スペインの短い夏』の「集団的フィクションとしての歴史」という言葉を思った。ドゥルーティのようなヒーロー、有名人ばかりでなく、ヒーローについて語る一人一人の人の語りそのものが歴史の厚みを作っていく大事な要素なのだ、と思った。岩佐さんは、一人一人の語りと向き合うことを自分の映画の大事な方法論として、ずっと磨いてきた人だった。

「未完のスペイン革命の跡を巡るセンチメンタル・ジャーニー、第一夜の始まり、始まり、さあ、乾杯しましょう」私が言って、スペインのスパークリングワイン「カヴァ」で乾杯した。日頃酒を飲まない岩佐さんも杯に口をつけ一口飲んでしかめっ面をした。その顔がおかしいと一同大笑い、賑やかにスペイン第一夜は更けていった。

翌々日からレンタカーを借りて私が運転し、ドゥルーティ軍団の野営地だったアラゴン地方、そしてピカソのゲルニカで知られるバスク地方を四人で旅した。

アラゴン地方は、マドリッドとバルセロナの間に広がる広大な平原地帯で、アナーキストが農業の集産制に取り組んだが、内戦が始まると、ドゥルーティ軍団と反乱軍との戦闘の最前線となった。

地中海に面したバルセロナから乾いた草原の中の自動車道を走り、まずはブハラロスを訪れた。ブハラロスは、バルセロナから百キロあまり内陸に入ったこじんまりした町だが、内戦時にはドゥルーティがここにアラゴン地方の野戦本部を置いた。

町の中心部に教会があり、その前に車を止めた。ちょうど着いたのがお昼のシェスタタイムだったため、白い石畳の路上には人っ子一人いなかった。どこまでも碧い空、照りつける太陽を受けて白く輝く道、長く続く白い家並み、七十年前のスペイン戦争の時から時間が止まったままのような不思議な感覚に捉えられた。

しばらくして、女性たちが写真を撮ったりし始めた時、一人の老人が近づいてきた。岩佐さんが私にニヤニヤ笑いながら、「今にも銃を肩から背負った民兵が、ほら、あそこの教会から神父を連行してくるかも」と指差したちょうどその時だった。

「民兵でも、神父さんでもないが、聞いてみよう」岩佐さんは小柄な老人にスペイン語で声をかけた。テレビなどの仕事で海外取材や海外での撮影を数多くこなしてきた岩佐さんが、英語は勿論、フランス語の日常会話ができるのは知っていたが、どうやらスペイン語もちょっとした会話ならできるようだった。

ドゥルーティのことを知っているかと尋ねると、その老人は「ああそうか、それならこっちへ」とでも言う感じで、我々四人を教会近くのバルに導いた。中はホールになっていて、幾つものテーブルに二十人以上の老人たちがたむろしていた。男の老人ばかりだった。その後の体験でも、スペインでシェスタの街角にたむろしているのは男の老人ばかりだ。この国でリタイアした男たちは、シェスタの時も、男同士群れて気軽に過ごしているようだ。

我々を導いてくれた老人が、仲間と思しき数名に話してくれると、「なんだ、なんだ」という感じで、幾人もの老人が寄ってきて話をしてくれた。銃を持って戦ったという人もいたし、よそ者がたくさん入ってきて色々あった、と遠くを見る目をした人もいた。

壁に貼ってある白黒写真には、ドゥルーティ軍団が進駐していた時の写真もあった。その写真のところへ案内してくれて、あの頃は右になったり、左になったり、情勢がコロコロ変わって大変だったんだという人もいた。

内戦当時の話は、日頃はあまりしたことがないのだろう。フランコ政権時代は話したくてもできなかったろうし、それ以降でもうっかり酒場で話すようなことではなかったのだろう。でもこの日、見なれない東洋人に昔のことを尋ねられて、一気にあの時代に連れ戻されたようで、あっちの席でもこっちの席でも話し声が盛り上がった。岩佐さんの話では、内戦時代の話に花が咲いていたようだ。

その店に案内してくれた老人は五歳の時にドゥルーティを見たと言い、自分の親は右だったので怖かったと言っていた。そして、ドゥルーティがそこに住んでもいた軍団本部に案内してくれた。私と岩佐さんは、その門扉の前で写真を写してもらった。そこは七十年前、世界史的な疾風怒濤の場所だったのだ。

「夏草や兵ものどもが夢の跡、やなあ」岩佐さんが呟き、私が頷いた。男二人は多少感傷的な気分に浸ったが、女性二人は今夜の宿について相談しはじめた。

老人は、二十世紀の初めまでこの地域の地場産業として製塩業が栄えたが、原料を採集していた塩湖を案内してくれるという。気になった相手にはとことん付き合うというのがスペイン人気質なのだろうか？　たまたま我々と出会ったにすぎない彼が、行きずりの我々をバルに案内し、ドゥルーティの軍団跡に案内し、さらに珍しい塩湖にも案内してくれるという。その後の予定が決まっているわけでもなし、ご厚意に甘えることにした。

老人はすぐ近くの鋳型工場まで私の運転する車の助手席に乗って道案内をした。自分は六代続くこの工場のオーナーだと言う。働いていた息子二人を紹介してくれ、工場の説明をしてから、自分の車で先導してくれた塩湖もまた、ブハラロスの町かど同様に時間が停止した場所だった。もう何十年も前から廃墟と化し、石の壁が一部残っているだけの製塩工場跡の脇に、水が干上がり白く乾燥した塩の大地が広がって、乾いた風が吹いていた。

製塩工場が稼働していた百年前のスペイン王国も、内戦に明け暮れた七十年前のスペイン共和国も、今はもうない、遠い夢幻だ。しかし、人は今もこの地に生きて在る。生きているが、過ぎ去った時間を思い出さなければ、本当に生きることはできないのだ。過去と繋がるから、未来と繋がれる。口には出さないで、岩佐さんと、そんな会話をしたような気がした。私の運転する車の中で、岩佐さんは眠り、岩佐夫人と私の妻は、その日の宿と夕食のことを真剣に話しあっていた。

岩佐さんは早稲田大学での講演を次のように結んでいる。


時を一九三六年に巻き戻す旅は、アラゴンからナバラ、そしてナバラからバスク地方へと続きました。現在のスペインには一見どこにも内戦の記憶を留めるようなものはありません。そんな中で内戦の風景を炙り出し、それを眼前の風景に重ね合わせながら私は何を考えていたか。恐らくあの戦争に参与した多くの人々が味わったであろう〈希望と絶望〉の、その極限の意味を問い直していたにちがいありません。

このような時に、この頃しきりに思い出される言葉があります。それは五十年前、あのハンガリア事件に衝撃を受けていた学生時代に、私が愛読していた中国の文人、魯迅が書いた「希望」と題するエッセイの中の、その末尾を飾る言葉です。

〈絶望の虚妄なることは、まさに希望と相同じい〉

その日はアラゴン地方の中心都市サラゴサに泊まり、翌日はヘミングウェイが『日はまた昇る』で描いた「牛追い祭り」で知られるパンプローナを訪れた。

ドゥルーティは内戦初期の一九三六年に銃弾に倒れたので、一九三七年に内戦下のスペインに渡ったヘミングウェイと直接の接点はない。しかし、ヘミングウェイはきっと、あのアナーキストの破天荒なヒーローを嫌うわけがないと思う。

ヘミングウェイは『誰がために鐘は鳴る』が共和国側のテロルをも描いたことで、スペインからアメリカに帰還した国際旅団の批判を受けた後でも、一貫してスペイン共和国の側に立ち続けた。スペインの大地を愛し、闘牛を愛した。

パンプローナは街の真ん中に闘牛場がある。「牛追い祭り」は、その闘牛場から牛たちを一斉に放ち、街の街路を走り回らせる。人々はその牛を囃し立て、また牛に追いかけられて、牛とともに街中を走る。詳しくは知らないが、それで男の勇気をテストする、そういう祭りであるらしい。死傷者が出ることも稀ではないという。

「姫路にも、喧嘩祭りって荒っぽいお祭りがあるけど、牛に追いかけられるなんて絶対嫌ですねえ」ヘミングウェイがお気に入りだった闘牛場近くのカフェで妻が岩佐夫人に言った。

「そうよねえ。なんで、男はああいう危なっかしいのが好きなの？」岩佐夫人が私を見て言った。

「一種の通過儀礼で、普通は一回やればもう十分となりますけど、中に病みつきになるのがいるんですよ」私が言った。

「そう、男ならどうせ一度は死ぬ命、祭りの熱のここで果てたや、ってね」岩佐さんが言った。

「何馬鹿なこと言ってんですか」岩佐夫人がすかさず言って、四人は声を立てて笑った。

闘牛場の前には、ヘミングウェイの胸像がぽつんと少し寂しそうに立っていた。

この日はパンプローナからサラゴサ方向に少し引き返して、ログローニョというスペイン独特のタパス（小皿料理）の美味い店が多い街に泊まることが女性たちの合議であった。男二人も異議はなく、その夜は魚料理、肉料理、卵料理、パイを各種、一口づつ分け合って食べられるタパスを何皿もオーダーし満喫した。

翌日はバスク地方のゲルニカとサンセバスチャンを訪れた。ゲルニカは、内戦時代の一九三七年に、反乱軍を支援するナチス・ドイツの空爆により多くの非戦闘員が死んだこと、それに抗議する強い意志でパリにいたピカソが一九三七年のパリ万国博覧会のスペイン館にかける絵として「ゲルニカ」と題する絵を描いたことで知られる。私たちが訪ねたゲルニカは静かな住宅街だった。一九三七年のゲルニカ爆撃を偲ぶものは見つけられなかった。絵画「ゲルニカ」は長くニューヨーク近代美術館に保管されていたが、一九八一年にスペインに返還されることになり、マドリードのプラド美術館に返還、後に同じマドリードのソフィア王妃芸術センターに移管されていた。

時は移ろい、時代の価値観も変わる。だから思い出さなければならない。過去を忘れたら、未来はないのだ。

サンセバスチャンはフランス国境に近い大西洋沿いの港街だが、ピンチョスという串刺しタイプの小皿料理発祥の地で、美味いピンチョス専門店が何十軒と軒を連ねている。チャコリという地酒（発泡性の白ワイン）をグイグイやりながら、立ったままカウンターで食べ、食べ終わった料理の串は床に投げ捨てるという野生的な飲食スタイルが新鮮だった。まるで立ち飲みバーなのだが、料理の味ははるかにそのレベルどころではない。とてつもなく美味いのだ。

岩佐夫婦と私たち夫婦とのスペイン戦争巡りのセンチメンタル・ジャーニーは、最後は食の旅のようになってしまったが、岩佐さんにとっても、私にとっても、若い頃に熱中したことをもう一度見つめて、自分の人生の軸を見つめ直す旅になった。そして、それぞれの夫婦の絆を確かめる旅にもなったと思う。

岩佐監督は、二〇〇〇年代に入り、六十代から七十代の老境にはいってからチベットを何度も往復し、チベット難民のおばあさんの映画「モゥモ　チェンガ」やチベットからインドに亡命した少年を主人公にした映画「オロ」を監督した。そして、この二つのチベット映画の間の時期に、汐子先生との文通と再会を果たし、少年時代を取り戻した。さらに青春の〈希望と絶望〉を振り返る私たちとのスペイン旅行も実現した。

岩佐さんは「オロ」の上映活動中の二〇一三年五月に不慮の事故で亡くなった。突然の死に衝撃を受けたが、思い返せば岩佐さんの晩年は本当に幸せだったなあと感じずにはいられない。

十歳前後の感じやすい時期に巡り合った彼のマドンナと再会し、一緒に過去を振り返って幸せな時間を共有し、その頃の自分と同じ年頃のチベット少年の映画を撮ることもできた。

また、岩佐さんの晩年は夫人との文字通りの二人三脚人生でもあった。岩佐夫人は長年都内の大学で教員をして、映画監督という収入の安定しない職業の夫を、経済的にずっと支えてきた。また、子育てや、夫の友人や映画関係者との交際においても一切手抜きのない人だった。助監督や制作担当の若者で岩佐家に居候したり、岩佐夫人に食べさせてもらっていた時期のある人は数多い。私も何度も泊めてもらったり、食事をご馳走になったりした。岩佐さんとの人生では、いつも現実的な「しんどいこと」を背負い、夫をささえてきた人だった。この糟糠の妻が、定年後は岩佐さんと片時も離れず、チベットに旅し、チベットの人々との付き合いに没入した。岩佐さんの死後、岩佐夫人がまとめた遺稿集『映画する……』に、「オロ」について岩佐さんが残した文章がある。

映画の着手から完成までの三年間に、ぼくのなかでオロは〈チベットの少年〉という枠をこえて、地球上のすべての少年を象徴するまでに変容していった。

岩佐さんの死から四年後の二〇一七年八月、岩佐夫人は愛する息子と娘に最後まで心を込めて介護され看取られて亡くなった。

七

人が生きるということは、自己と他者との関係を生きるということだ。自己が極端に肥大して、他者が自己と共に存在できなくなったら、関係が消滅する。関係が消滅するということは、他者だけでなく、自己もなくなるということだ。自己の極端な肥大は、関係も他者も、そして自己も消してしまう。

逆に他者への意識が極端に肥大していけば、自己は痩せ細り死に絶える。やはり関係が消滅する。関係が消滅するということは、自己だけでなく、他者もなくなるということだ。

M子の死の理由は謎のままだ。

M子の最後の瞬間、他者がいる場所はなかったのだろうか？　M子の死を受け止める私のことを、M子はどれぐらい意識していたのだろうか？

私と生きることはM子にとって自分を殺して生きることだったのだろうか？　どれ

ぐらい自己同一性（アイデンティティ）が壊れていたのだろうか？　考えても、心に濃い灰色の靄が立ち込める。ずっと分からないままだ。ある時、糸井重里との対談集での吉本隆明のこんな言葉に触れて、なんとなく心が慰められた。自分の死であれ、愛する者の死であれ、死だけを考えてもどうしようもないことなのだ、と教え諭されたような気がした。

この歳《とし》になると目や足も不自由になってきたりするし、一度、死んでるしね（笑）。こんな状態で生きてるっていうのは、どうも自分の趣旨に反するぞって思ってね、それをしきりに考えましたね。

目が見えなくなるっていうのは相当にキツイことでね。あの、梅棹忠夫《うめさおただお》さんなんかでも自殺しようかなんて思ったっていうんですね。僕もそれに近いところまではいったかな。こうなってなお、この世は生きるに値するかみたいなことを考えてね、それまでの自分の考えを修正したわけですよ。

いちばんの修正結果は「死は自分に属さない」っていうことでしたね。

（吉本隆明・糸井重里『悪人正機』）

二〇一九年八月、妻と二人でハワイのカウアイ島に旅行した。東京から湘南に引っ越したのは一九九九年、それ以来二十年以上同じ家に住んでいることに気付いて、なんだかそのことを祝いたくなったのだ。一つところにこんなに長く住んだのは生まれて初めてのことだった。二〇一六年に長年勤めた教育機関を退職し、顧問のような気楽な立場になってから初の二人旅でもあった。夜の十時成田発の日航機でホノルルに着いたのが現地時間の朝十時過ぎ、飛行機を乗り換えカウアイ島に着いたのが午後一時過ぎだった。カウアイ島の空港で現地ガイドをお願いしてあった日本人女性ガイドのTさんにピックアップしてもらい、ホテルへ向かった。

カウアイ島はガーデンアイランドの呼び名通りに、緑に恵まれた島だった。空港からホテルに向かう一本道の両側に、丈高く、巨人が何本もの腕を広げたように立派な枝ぶりの巨木が続いて、眺めているとリズミカルでどこかコミカルな音楽が聞こえてきた。自分の鼻歌だった。アニメ映画のテーマをいつの間にか口ずさんでいた。Tさんに聞くと、ハワイ原産のコアの木だと教えてくれた。今にも土中にめり込んだ根を引き抜いて、根を足代わりにドサドサ音立てながら走り出しそうな気配がする。植物というより生命《いのち》そのものの躍動を感じさせる。

宿泊施設は街道から海側に入った道の両側に広がる閑かな森の中にあった。海に面した広い敷地に何種類かの施設が隣り合って続いていた。オアフ島のワイキキビーチにあるような都会的なエクステリアのホテルもあれば、長期滞在に向くマンション風エクステリアのコンドミニアム、家族用と見られるハワイ風一軒家のコテージタイプなど、複数の宿泊施設がゆったりと配置されていた。

私たちが予約していたのは、三階建てのリゾートホテルらしい外観のホテルだった。Tさんは、ホテルの前で私たちを降ろすと、明後日の十二時半のピックアップを約束して帰っていった。ホテルに入ると、一階の広々としたホールの前面はプールで、その向こうにエメラルド・グリーンの海が広がっていた。部屋は二階のオーシャンフロントで、調度類も含めて部屋全体が白で統一された美しい部屋だった。

ホテル前の海は百メートルぐらい沖合で、人の肩か頭ぐらいの高さに波が立ち、ゆっくりと岸に近づきながら柔らかく崩れていった。部屋のテラスに出て、何人ものサーファーがサーフィンをしているのを眺めていると、妻がいつの間にか背後にきて「やりたい?」と囁いた。

「いや、今はいいよ。明日やろう。それより買い物に行こう」

二人でホテルの隣にあるコンドミニアムの広々とした中庭を、大雑把な見当でぶらぶら歩いて、コアの巨木が並ぶ街道に出た。いつも大雑把な私の方向感覚を信用しない妻だったが、「あら、珍しいわね。迷わずに出られたね」と笑った。街道を少し歩くとショッピングセンターがあった。フランスパンと生ハムとトマト、モツァレラ・チーズ、そして赤と白一本ずつのカリフォルニア・ワインを買って帰った。カウアイ島に来てから、ガイドさん以外に日本人らしき人を見かけることはなかった。英語以外の言語を耳にしなかった。そのことが、周りに気を使わせず気楽な気分を盛り上げてくれた。

ホテルの部屋で、ゆっくりと濃さを増していく紺碧の海でサーフィンする人々の薄い影絵のような姿や、透明な空色から茜色に変わっていく天空の色彩変化を堪能しながら、買ってきた食材でサンドイッチを作って食べ、ワインを二本とも飲んでしまった。飛行機の長旅疲れとワインの酔いとで、その日はシャワーも浴びずに、食事が終わると二人ともベッドに倒れこむように横になり、あっという間に眠りに落ちた。

翌朝は六時に起きて、ホテル前のビーチを妻と二人、散歩した。すると、隣接するホテルと、我々が泊まっているホテルとの間の波打ち際にハワイアン・モンク・シールと名付けられたハワイ固有種のアザラシが眠っていた。モンク（修道士、修行僧）の名に違わず正面から見ると、頭を剃りあげた修行僧のように見える。似合わない髭を生やして威厳をつくろってみても、目と目の間が開いていて、どこかユーモラスな青年僧のようだ。ゆったりくつろいで警戒心ゼロに眠り込んでいて、時々ほんの少し、生きている証しのように身じろぎする。街道沿いのコアの巨木といい、このアザラシといい、生命そのものを感じさせる。

十二時にホテルでロングボードとボディボードを一時間の約束で借りて、ホテル前のビーチエリアで波乗りをした。初めは私がロングボード、妻がボディボードを使った。波の向きが短い波長で絶え間なく変わり、立ちづらかったが、板の上に腹ばいになり波に押されて流されるだけでも軀の端々のしこりが癒された。一時前に、ほんの少しだけレンタル時間を延長するつもりで妻とボードを交換した。しかし、つい夢中になって海から上がってきたときは二時を過ぎていた。

レンタル品の貸し出しをしているプールのシャワー室横の小屋にボードを返しにいくと、誰もおらず、テーブルに借りたときにサインしたシートが置いてあった。テーブルにホワイトボードが立てかけてあり、レンタル品をボードスペースに返したら、シートの返却欄にサインするように書いてあった。指示通りにして（後で確認したが、一時間の追加料金は取られていなかった）プール付設のカフェでサンドイッチとイチゴのスムージーで昼食を済ませた。スムージーの甘みと酸味が、腹の中のしこりを柔らかくしてくれる気がした。

部屋で一時間ほど休息を取り、今度はスノーケリングセットを持って、朝眠るアザラシを見た浜に行ってみた。アザラシは朝見た時のままの位置で、腰を少し曲げた腹ばい姿勢で、気持ちよさそうに眠っていた。潮が引いて、二十メートルばかり沖合の小島へサンゴ礁の岩伝いに歩いて渡れる道ができていた。

小島とホテル前の海岸に挟まれた小さなラグーンでスノーケルをつけて潜った。膝から腰の深さに大型のエンゼルフィッシュやくまのみ、小さいが形のいい鯛など様々な魚が泳いでいた。人間を恐れないで、すぐそばを悠然と、ときに素早く、まるで戯れるように泳いでいる。海面から顔を上げた妻が興奮した口調で、指先を突き出して誘った鯛に噛みつかれたと嬉しそうに言った。大丈夫かと聞くと、実は結構痛かったと言うが、ゆったりと緩んだ笑顔のままだ。

小島に上陸すると、砂浜に体長一メートル余りの海亀と、海亀よりほんの少し大きいアザラシが、仲良く並んで眠っている。アザラシが寝返りをうてば、ぶつかりそうな距離だ。アザラシは砂を掘って顔を半分ほど砂に埋めて眠っている。目を閉じたまま時々わずかに顔を動かす。海亀は全く身じろぎもしない。

亀は万年と言うが、この亀は一体何歳で、今何の夢を見ているだろうか、と気になった。もし、本当に人間の百倍も長生きしてきたのなら、この亀は人類の歴史をほとんど全て見てきたかもしれない。何度も王朝が途絶え、歴史の主人公が入れ替わり、戦争や災害が繰り返し起こり、夥しい人や生き物が死ぬのを目撃してきたのだろうか……。

「それはどんな気分だと思う？」半分は本気で、私は妻に聞いた。

妻は考え深そうな目を自分の胸元に落としてから、大きく伸びをした。

「いやだわ。私なら耐えられない。生命を超えた存在になってしまうってことでしょ、一人で。純度百パーセントの孤独よ。考えるだけでも耐えられない」


ホテルに帰り、プールサイドの寝椅子に横になって、ヘミングウェイの『移動祝祭日』を読み始めた。妻も隣の椅子で日本から持ってきた本を読んでいる。『移動祝祭日』は一九二一年から一九二七年ごろまでのパリ生活の回想記だが、いわば『日はまた昇る』の舞台裏を書いている。ヘミングウェイは、この時代のパリがよほど忘れ難かったらしい。現実に彼自身が、カナダの新聞社の特派員として、八歳年上の最初の妻ハドリーと一緒にパリに住み、作家修行を始めた頃だ。

晩年（一九五七年に書き始め、一九六〇年に脱稿）になってから、この時代を思い出して

『移動祝祭日』を書いた。ヘミングウェイが猟銃で頭を撃ちぬいて亡くなった一九六一年から三年後の一九六四年に遺稿として出版された。『移動祝祭日』の最後の方には、新しい女性との恋愛がその先に起こる事件（最初の妻ハドリーとの離婚）への予兆のように書かれている。

『移動祝祭日』には「はじめに」という文章がある。私は不要な文章だと思ったが、ヘミングウェイは書いておきたかったようだ。パリ時代のことで、この回想録に書かなかったことへの言い訳めいた文章だが、その最後に次のように書いている。

もし読者が望むなら、この本はフィクションと見なしてもらってもかまわない。だが、こういうフィクションが、事実として書かれた事柄になんらかの光を投げかける可能性は、常に存在するのである。

（ヘミングウェイ『移動祝祭日』高見浩訳）

忘れがたいパリ時代を書いていて、その時代の出来事の見え方が人によって一様でないこと、自分にとっての見え方も変化してきたことを、ヘミングウェイは気にしたのだろう。消極的な表現でだが、自伝はフィクションだと書いているのだ。私はそう受け取った。そして私は、強く、そうだ、と思った。

自分の体験を大胆にデフォルメし、もう一つの真実としてのフィクションを作り出した『日はまた昇る』、はるかに時間が経ってから、当事者としての自分を思いだして書いた『移動祝祭日』。どちらに真実があるのか？　どちらにも真実はあり、嘘もある。どちらが創作でどちらが自伝か？　どちらも創作であり、自伝である、としか言いようがない。

『移動祝祭日』を読み、二十世紀初めのパリを流れる時間にフォーカスしながら、時々ふっと二十一世紀初めのハワイ、カウアイ島のプールサイドの物音に耳を傾ける。脳の中で百年という時間を行き来し、地球を半周するような移動をしているのだが、時間が止まったまま、どこか安らげる場所に流されていっているような気がした。生命のかたまりが軀の内側にむくむく育ってきて、自分で自分の独り言を聞いているような気がした。

ヘミングウェイにはヘミングウェイの大切な人生の時間があったように、私には私の大切な人生の時間があった。私が今ここに在ること自体がまるで奇跡のようなことなのだ。いつも、「いま、ここ」からだ。「いま、ここ」から始まる。

夕食は新鮮で美味しい魚介類を堪能した。宿泊していたホテルのレストランは魚介類の料理にかけてはカウアイ島きってのレストランだと、妻がネットで調べていた。サービス係の物腰は優雅で、客本位に徹していた。余計なことは話しかけず、何か頼みたいときは表情や仕草の変化に反応してやってきてくれた。ワインがすすみ、少し酔いが回ったせいもあるが、ある瞬間に、二十世紀初めのパリのレストランにいて、周囲の静かなざわめきのどこかに若きヘミングウェイがいるような気がした。

妻に、「ほら、あのテーブルに」と目配せすると、妻はその無人のテーブルを見つめ、黙って「わかっているわ」とでもいうように笑った。

「ここがどこだか、わからなくなったよ」と言うと、「そうね、本当に」と彼女は答えた。

三日目は約束した十二時半にガイドのTさんが迎えにきてくれ、ワイメヤ渓谷に向かった。カウアイ島は一年のうち三百五十日どこかで雨が降り、島のどこにいても天気が変わりやすく晴れ空が長続きしないが、特にワイメヤ渓谷は曇ると雲に覆われてせっかくの景観が見えなくなるので、「絶景を観られるかどうかは、お客様の運次第」だとTさんは言っていた。この日は幸い良い天気が続き、鋭利な刃物でえぐられたような渓谷の底の緑と茶色い断崖、その向こうに見える真っ青な空と山際の白雲が、印象派の絵画のように見事なコントラストを見せていた。

さらにもう少し高いところにある展望台に連れていってもらった。そこから見える海と空は特別な藍色に塗り染められて、どこまでが海で、どこからが空なのか、見分けがつかないほどだった。展望台が乗っている台場の端はなんの仕切りもなく数百メートルはあろうかという絶壁になっており、海まで続く深く神秘的な渓谷が見渡せた。

数メートル助走して、声をあげ、その絶壁を飛び降りる真似をした。すでに絶壁に数歩近づいただけで足の感覚が萎えるほどの高所恐怖症のくせに、悪い癖だ。Tさんは私の馬鹿な冗談を本気で怖がって表情が固まってしまった。妻が笑いながら、「ごめんなさい、悪い冗談が好きな人で」とTさんに謝り、Tさんはまだ硬い表情ながら、「似合わないですよ」と私を軽く睨んでみせた。

泊まったホテルの近くにハナペペという小さな古い町がある。カウアイ島開拓の当初に栄えた町らしい。ギャラリーやカフェ、タイル屋などが軒を連ねる中に「TALK STORY」と看板を掲げた本屋さんがあった。Tさんが是非にと店内に案内してくれ、店主夫婦を紹介してくれた。その店の店主夫人は日本人女性で、十五年の英国ぐらしの後に、アメリカ人のご主人とインターネットでお見合いをして三ヶ月前に結婚したばかりだという。彼女も、ご主人もカウアイの暮らしを愛し大事にしている様子が、ほとんど動かない愛猫への声かけや触れ方でよくわかった。この島で生まれ育った猫の時間感覚に合わせてゆったりと生きている様子がしのばれた。英語の絵本を何冊か買った。

四日目、Tさんは別のガイドの予約があるとのことで、Tさんの代理でやはり日本人女性ガイドのRさんが、島の東部にあるキラウェア灯台に案内してくれた。小高い岬の上に高さ五メートルほどの瀟洒な灯台が立っている。灯台の周りを、軍艦鳥、カモメ、現地名でネネという海鴨の一種などたくさんの海鳥が飛び交っていた。遠く近く、鳥たちの鳴き交わす声が絶えることなく続いた。地上の人間たちの噂話をしていたのかもしれない。

Rさんは奈良出身、子供時代から父親の仕事の関係でアメリカ暮らしが長く、成人してからは米本土で通訳の仕事をしていたが、二〇〇九年からカウアイ島に移住した。カウアイ島に住むようになって、「瞑想することやスピリチャルな世界に目覚め」二〇一三年に『Going nuts in Kauwai』と題した小説を書いて自費出版したという。日本語版は、もうすぐ出ると聞いたので、日本に帰ってから、妻が何度かネットで探していた。九月になって見つけ、注文した。本の邦題は『カウアイでちょっとはじけて』だった。

夕食はTさんが、空港とホテルの中間にある大型ショッピングセンターのレストランを予約しておいて、送迎してくれた。ここでも美味い魚介料理を楽しむことができた。シャンパンと白ワインをグラスで二杯ずつ頼んだが、私は自分のシャンパングラスをひっくり返してしまった。そのお代わりを求めたが、後で伝票を見ると、追加のシャンパンを一旦請求した上で、同じ額を値引きしていた。こちらの落ち度でこぼしても、店が持ってくれたのだ。ちょっと感心した。見えない誰かに見守られているような気もした。

五日目は、朝から雨が降り、午前中いっぱい降ったりやんだりしていたが、激しく降ることはなかった。ホテルの部屋にこもって、二〇一六年に死んだ新木正人を追悼する文章を仕上げた。

新木正人は、私が大阪にいて『火急』という雑誌で新しい思想運動、学生運動を考えていた頃、埼玉にいて『遠くまで行くんだ』という雑誌に個性的な文体の文章を発表していた。『火急』は関西、『遠くまで行くんだ』は関東で、それぞれ別個に新しい学生運動・思想運動を志向して発行されたが、人の交流を何度かやった。『火急』は一号で消えたが、『遠くまで行くんだ』は六号まで発行された。

新木正人は含羞の笑顔の男だった。彼を思い出す時、自己主張を恥じらう少年のような独特の笑い顔が、まず浮かんでくる。その新木が七十歳になる前に死んだ。亡くなる前の新木は、『遠くまで行くんだ』以降に書いた自分の文章を一冊の本にして残そうとしていた。しかし、彼の生前に刊行することはできなかった。彼が亡くなった数ヶ月後に本はできた。彼が残した唯一の著作にして遺稿集の題名は『天使の誘惑』、一九六〇年代後半から七〇年代にかけて多くのヒット曲を歌った歌手黛ジュンの曲のタイトルから取っているらしい。

『天使の誘惑』の中に、「天使の誘惑　南下不沈戦艦幻の大和」と題した文章がある。

「恋のハレルヤ」は戦いの歌でした。しかしそれは守るべき最後の一線を歌った哀しい歌でもあったのです。（中略）彼女が守ろうとしたのは純粋な意志だったのです。純粋な、勝利への意志だったのです。

革命とはひそやかさのことです。ひそやかさのない革命信じることはできません。しかしひそやかさは必然的に判断停止の美学に流れていくのです。ジュンの無意識的内部葛藤とはこれでした。不可能を可能とする戦いでした。内部葛藤の狭間から、均衡地獄でない正真正銘の新しい血液を創出する戦いでした。

小林秀雄が「批評とは竟《つい》に己れの夢を懐疑的に語ることではないのか！」（「様々なる意匠」）、あるいは「批評するとは自己を語ることである。他人の作品をダシに使って自己を語る事である」（「アシルと亀の子II」）、と断言し、近代批評という文章ジャンルを確立して以来、他者の作品を通じて自分の意見を主張するという批評の文章が増えた。しかし、多くの自己を語る批評は、不可欠な香料を欠いている。含羞、である。他者の存在や作品をダシにして自己を語ってしまうことを、どうしようもなく恥じらう感受性である。

新木正人の文章は説明しない。ただ断言する。その断言に、いかんともしがたい含羞が匂い立つ。私はそこに魅かれた。六〇年代末から七〇年代初めにかけて、社会の価値観が大きく揺れた時代に、「革命」という言葉を発する時、晴れがましさと恥ずかしさを同時に感じた者たちが新木の文体を支持した。
新木正人は疾走する。ひたすら生き急ぐ。文章が疾る。論理や意味で文章を繋ごうとすると、文脈を整えるためにどこかに嘘が混じる、通念に支配される。それは恥ずかしいことだとでもいうように、疾走する言葉のリズム、自分の感受性が選んだ言葉のつなぎにこだわって文章を書いていく。

　急ぎすぎる
　この文章急ぎすぎる
　けれどこの性急さをとってしまったら　ぼくらにいったい何がのこるというのか
　いい気な上滑りで言っているのではない
　やけくそで言っているのでもない
　記憶とも呼べぬ記憶　故に最も美しい記憶　至上の旋律　を醒めた心で抱《つつ》みながら言っているのだ

とにかく急ぐことだ
脇目ふらず急ぐことだ
危険よりも速《はや》く走れば危険の方が拡散して風化する
左足が地面つく前右足あげれば空も飛べるだろう

（新木正人「赤い靴」『天使の誘惑』所収）

僕たちは、僕たちだけの方法ですべてを突破せねばならぬ。
死そのものを突き抜けて、悲しみの彼方に何があるのかを見極めたいのである。
思想とは、築くものでなくて、突き抜けるものだ。
思想者とは、大工ではなくて全力疾走者だ。

（新木正人「更級日記の少女　日本浪曼派についての試論二」『天使の誘惑』所収）

文体はまさに生き方で、新木の含羞の断言、そしてひたすら疾る文体は彼の生き方をそのまま反映していた。

二〇一六年四月に亡くなる一年も前から、「血流が悪い、ひどい不整脈だ。横になっていられない。縦になっていないと意識が遠のく」状態であったにもかかわらず、新木夫人の医者に行くようにとの勧めに頑として従わず、倒れるまで医者には行かなかった。彼の文章にある「危険よりも速く走る」とか、「死そのものを突き抜ける」とかの表現は、単なるレトリックではなかった。本気でそれを実践しようとしたのだ。『天使の誘惑』の文章の大部分は、新木が二十代の頃に書いたものだが、巻頭に「序」として、亡くなる前の二〇一五年に不自由な体で書き残した文章を収録している。

新木正人は貫こうとした。自分の心身の正中線を貫こうと足掻き続けた。正中線を貫く言葉は、己自身を裂いてしまう。そのことをよくよく知った上で、貫こうとした。日本語で感じ、考え、書くことにすべてをかけた。凄絶見事な最期だった、と思う。

日本語は逃げる。限りなく逃げるのだ。全部逃げてしまって助詞助動詞しか残らない。だから日本語で文章を書くというのは死ぬほどつらいことだ。助詞助動詞だけを書くしかないのだから。無（らしきもの）も有も含み、変化しながら流れるあり様の中で生命とは「間《ま》」のようなものなのだろう。「時」が添え物のようについてくる「間」だ。「間」がたまらなく恥ずかしいのだ。

消滅したり、生成したり、細くつながったり、はりついたり、の流れる宇宙、流れの「間《ま》」としての生命、そういうものを「在る」というなら確かに「在る」だが、そういうものは在るとも無いとも言わないだろう。

人間の、「間《ま》」としての生命の身体も流れている。流れを決して止めはすまい。流れる矜持というのは確かにある。そして流れるはこの上なく荒涼としている。「在る」も自家撞着に陥っている。「流れ」も自家撞着に陥っている。私は自身の、たかがしれた自己撞着に責任を持たねばならない。

（新木正人「序」『天使の誘惑』所収）

この文章を書いた時の新木の思い、考えを想像した。新木は説明してくれないから、私の勝手な解釈だが。

日本語は人と人、人と環境との「関係」のありさまを表す言葉（助詞、助動詞）は豊富だが、人の「世界」への態度や倫理を説明しようとすると、言葉が、文脈が微妙に逃げていく。主語、主体が曖昧になってくる。それがつらい。

そして、深まっていく病の中で、生命について考えると、『「流れ」の「間」に「在る」生命も「流れ」ている』、という日本語（言葉、表現）がおりてくる。でも、この「在る」と「流れ」には言葉の意味を越えようという緊張感が欠け、あらかじめ決められた意味に繋がろうとしてしまう。

ああ、本当に、日本語で考えるということは苦しいことだ。だが、それでも、考え続けるぞ。それしかない。そんな風にこの「序」の文章を書いたのではないか、と私は思う。残された自分の生命の時間を計算して、合理的な時間の使い方を計算したりするのではなく、過去の思い出を振り返りつつ、「判断停止の美学」に流そうとする「天使の誘惑」を退けて、ひたすら「いま、ここ」で考え続けようと自分自身に宣言した。言葉で考えて、言葉を超える道を模索したのだと思う。

新木正人についての文章を午後二時頃までかかって仕上げた。書いていると、自分の気持ちが文章の向こうまで深く入っていった、そんな気がした。カウアイ島に来てから、私も「いま、ここ」からだ。「いま、ここ」から始まるのだという思いを強くしていたので、改めて新木の生き方を考えた時、強い共感と敬意を感じたからだろう。

昼寝をしていた妻を起こして、遅めの昼食はホテルのプール脇のカフェで、辛口のチキンウイング数本とエビのタコスをパイナップルジュースで流し込んですました。雨は止んでいた。昼食後、部屋に戻って妻に三十分ほどマッサージをしてもらった。半日机に向かっていた割には、腰も首筋もしこりが少なく、三十分のマッサージで軀にすっかり生気がよみがえってきた。

「あのアザラシと海亀まだいるかなあ?」私が言うと、待ってましたとでもいうように、妻は笑って、「うん、きっといるよ、行こう行こう」と答えた。五分で水着に着替え、スノーケルを準備して、小島に渡った。

四時前になっていた。海上に立ち込めた薄い灰色の雲を引き裂いて時々鋭い雷光が光り、雷鳴が響いた。今にもまた雨が降りそうな気配だったが、かろうじて持ちこたえていた。サーフィンをしている人が数名小島の右岸沖合に見えたが、それ以外には島にも、ラグーンにも人の姿が見当たらなかった。

二日目にハワイアン・モンク・シールと海亀を見かけた場所に行ってみたが、何もいなかった。砂地にハワイアン・モンク・シールの体形の跡でも残っていないかと、そこら中しつこく見てまわったが、アザラシはおろか生き物が寝そべったらしい痕跡は見つからなかった。満ちて引いた潮が砂場から生命の痕跡を洗い流していったのだ。

「いないなあ、海に食事に行ったかなあ?」私が、返事をあてにせずに言った言葉に、「ほら、あれ、見て見て」妻の切迫した声が返ってきた。

妻の指差す方を見ると、十頭ほどのイルカが小島の周りを旋回していた。時々何頭かが、背後にでんぐり返るようなジャンプをした。

「スピナー・ドルフィンや」思わず私の声が上ずった。背面ジャンプでの回転が特徴のスピナー・ドルフィン（ハシナガイルカ）の群れだった。ハワイに来る前から、今度の旅でイルカに会えたらいいなと話していたが、実はもう今回の旅では無理かと諦めていた。明日カウアイ島を離れるというギリギリの日に会えるとは思っていなかった。

俊敏なイルカの群れは小島の沖合十メートルほどの海を小島の外周に沿ってぐるぐる泳ぎ回っていた。そしてホテル側の岸辺に近づくと向きを変えて、同じ海路を小島の外周に沿って引き返した。私たちの見ている前で、そんなことを何度も繰り返していた。

「もっと近くで見よう」私はスノーケルとフィンを装着して海に入っていった。

「待って」妻も急いでスノーケルを装着したが、フィンを履くのに手間取ったうえ、慌てて立ち上がって転んでしまった。私は笑わなかったが、妻は少し拗ねたような表情でレンズ越しに私をにらんだ。

「大丈夫、このイルカはとても人懐っこいはずやから、待っててくれるよ」私が言うと、妻はわかってるという風にうなずいて、水音を立てぬように海に入ってきた。

小島から海の中へ入って数歩進むと水深一メートルほどになった。フィンの動きを確かめながら、そのまままっすぐに沖合に向けて泳いだ。目測で島から十メートルほど離れた。イルカたちの姿は見えないが、もう直ぐ引き返してきて、近くを通るはずだ。妻を振り返ると、フィンだけではなく腕も使ったクロールでゆっくりと水をかきながら近づいてきた。もう少しで手が触れ合えるところまで来た時、イルカたちが泳いでくる水音が聞こえてきた。

私は妻の方を向いて、顔の前に親指を立てて下に向け何度か海面に突き刺すような動きをしてみせた。潜ってイルカをやり過ごそうと合図したつもりだった。妻は大きく頷いてみせ、鼻をつまんだまま、深く息を吸ってから軀を回転させ潜っていった。私も続いた。その辺りの水深は五メートルぐらいだったが、サンゴ礁が隆起した岩場があって、そこは水深三メートルぐらいだった。妻にそのサンゴ礁を合図して、まず私が泳ぎよって岩のように硬いサンゴの塊を摑んで軀を海中に保持した。なんとか浮力に逆らうことができた。片手を外して、妻に来るように合図した。妻は手頃な摑み所を探すのに苦労していたが、なんとか軀を保持した。

その瞬間だった。まず先頭の体長三メートル近くあるスピナー・ドルフィン（群れの中で一番大きく、尾びれの動きが一番ダイナミックだった）がすぐ近くに迫っていた。細く長いくちばしの左右の付け根あたりにある、くっきりした怜悧そうな目がじっと私を見ていた。私たちのすぐそば、数メートルほどしか離れていないところを悠然と泳いでいった。続いて、群れのイルカたちの鳴き声が聞こえてきた。

「スキー、スキー、スキー」とか「スイッチ、スイッチ、スイッチ」とか「ギュ、ギュ、ギュ」とか「グウ、グウ、グウ」とか「カタ、カタ、カタ」とか、いろいろな聞こえ方があった。海面に近いところを泳ぐのもいたし、私たちを横目で見ながら泳いでいくのもいた。群が通り過ぎるまでなんとか息が続いた。最後の一頭が過ぎてからふたり手をつないで浮上した。

海面で一気に息を吐き出し、スノーケルの中の海水を押し出してから、妻は私を見た。レンズの奥の目が嬉しそうに笑っていた。そして、スノーケルを口から吐き出すと、「ああ、もう十分。先に上がってるわ。どうせまだいるんでしょ」と言った。

「疲れたか？」

「ううん、そうじゃないけど、息が苦しくて、もう十分よ」

「わかった、あと一回だけな」と私が言うと、妻は笑顔で首を左右にくいくい動かしてから、小島に向かって泳ぎ始めた。

私は立ち泳ぎをしながら、イルカの一行が戻ってくるのを待った。くるりと軀を回転させて、四方を確認した。サーファーの姿は見えなくなっていた。四方どこにも人の気配はなかった。イルカがやってくるだろう方向に海鳥が数羽見えた。カモメだろう。小魚が集まっているのかもしれない。

突然、十メートルほど手前で、数頭のイルカがジャンプした。空中で頭を軸にしてくるっと一回転して次々と水に潜った。さっき目があった群れのリーダーらしき一頭がその中にいなかったか、一瞬のイルカたちの姿を反芻したが、わからなかった。イルカの鳴き声が耳に張り付いてきた。やかましく鳴き交わしていた。なんだかおかしな奴がいるなあとでも言い合っているのだろうか。

フィンで水を蹴って五十センチほど海面から上体を浮き上がらせて、大きく息を吸った。浮き上がった軀が自分の重みで水に沈んでいく。頭まで沈みきったところで、両腕で水をかいて軀を前に回転させ、頭を海底に向けて水に潜った。数メートル潜ったところで顔は前方イルカのいるあたりに向け、耳抜きをした。イルカはすぐそこにいた。海中をまるで水の抵抗などないかのように軽やかに泳いでいる。ひたすら水面に向かって斜めに泳いで、一気に空中に飛び出るやつもいる。二頭で上下になって腹と腹を合わせ、お見合い状態で泳いでいるカップルもいる。

さっきの一頭がいないか探した。いた。今度は群れの中ほどにいた。

私はドルフィンキックをして、軀をお腹からゆらゆら揺すりながら彼（あるいは彼女）に近づいた。なんだか下手な泳ぎ手が近づいてくると気づいたのか、彼は私をじっと見つめた。海中で数秒間、互いに見つめあった。他のイルカの中にも、奇妙な闖入者を物珍しそうに覗きにくる者はいたが、すぐに離れて自由に泳ぎ回り、通り過ぎていった。でも彼は私の周りを小さく旋回した。

細く透明な声で彼が鳴いた。手を伸ばせば彼の灰色のヒレに触れるぐらいまで近づいていた。彼の目を見た。なんだか哲学者のような目をしていると思った。彼は私の目を見返すようにしながら、くるりと回転してイルカの群れが泳ぎ去った方向とは九十度異なる方向、この海の沖に向かって泳ぎ始めた。私もその後を追って泳いだ。何かが、「いま、ここ」で始まっていた。

彼は泳ぐスピードを自在にコントロールした、私をからかうように早く泳いで圧倒的に距離を開けたり、私のスピードに合わせて付かず離れず泳いだりした。私はただただ彼についていった。彼についていくので精一杯だった。

彼の甲高い鳴き声がした。私は泳ぎをやめ、彼を見た。彼はもうさっきから私を見ていたようだった。目を見交わした。何かが伝達された。何か、この世の決まりきった法則から外れることが。

彼がすごいスピードで私から泳ぎ去っていった。

「お前はいま、ここに生きる。永遠に。ここでなら果てなく生きていける。ただ一人」エコーがかかった声が、まわりを包む透明な水の層の果てしれぬ深みから響いてきた。私の軀の真下で海の底から光が広がってきた。みるみる広がって私を包み込み、私は海水ごと光の球体に包みこまれた。球体の外は広さも厚みも感じられないただ一色の闇の世界だった。闇の中には何も見えない。

呼吸を止めていることを忘れていた。もう三分は経っている。おかしい、これは夢だな。そう思い始めた時、闇が蠢いた。私が包まれた光の球体に闇の一部が突き進んできた。その変形した光と闇の境目にM子が表れた。一九七一年の正月帰省した時の振袖姿で正座して、真っ直ぐに私を見ていた。

「もう、ええよ」M子の声がした。「私のことは私に任せて。約束でしょ」

「約束、……あれが約束だったのだろうか?」

一緒に暮らす前にも後にも、M子に言葉で何かを約束したことはなかった。言葉より行為だ。行為に生きるんだ、私はそう言っていたし、そう信じていたつもりだった。でも、「あなたは言葉を信じてるんやね」一緒に暮らし始めてしばらくした頃、M子に言われたことがある。そして、M子の発作が始まる前の日々、何かの拍子のちょっとした気持ちのズレが、堂々巡りの言い争いになり、深刻な色に染まりそうになると「二人で生きても、あなたはあなたの人生を生きて。私のことは私に任せて」が二人の口論を止めるM子の決めゼリフになった。それまでの緊迫した声とまったく違う不思議な声だった。そのM子の声は心細いとも強情とも私には判断がつかず、私はいつもそれ以上の言葉を飲み込んで、苛立ちと底知れぬ不安とともに黙り込んだ。

「そう。もう行かなきゃ。あなたは来ちゃダメ」とM子が言い、

「なんでや、なんでダメなんや？」と私が呟き、

「なんでも。そっちで、もっと、うちらのこと思ってなさい」母の声が答えた。

その時、「思って、思って」と何人かの死者の声が重なり合い海鳴りのように大きくなってきた。私の耳を圧する大きさになって、パチンと風船が爆ぜるように止まった。光の球体が破裂し、何も見えず聞こえなくなった。

気が付いたのは、小島の岸辺で、ガッチリした胸板の厚いライフガードに人工呼吸されて、水を吐き出した後だった。目を開けると、すぐ上にライフガードのハワイアンがいて、ライフガードの肉厚の肩越しに妻の泣き顔があった。

「OK! Welcome back」私の目に笑いかけながら、ライフガードの青年が言った。

「Thank you, Thank you,」妻が泣き笑いの表情で、ライフガードの手を握って頭を下げている。

私はまだ夢の続きを見ているような気分でその様子を見ていた。


「カウアイ島ではじけすぎたけど、まだ俺は死なへんみたいや」

「何言ってるんですか、ええ加減にしてよね。後数分遅かったら危なかったってあのライフガードさん言ってたのよ」

「はい、申し訳ありません、ご心配かけまして」

「ほんとよ、この穴埋めはしてもらいますからね」

「こわいなあ、なにをすればいいんですか？」

「そうねえ、まずは、今日のディナーは島一番のレストランを予約してほしいわね」

「わかった。じゃ、このホテルのレストランを予約して豪勢にやりましょ」

プール脇のリクライニングシートに横になって妻と話したが、私には死にかけたという気負いはなかった。長い夢を見ていたような気分だった。

プールの電話でレストランに遅めの時間で予約をいれてからも、強い日差しがゆっくりと緩んで、あたりがくっきりとした茜色に染まり、やがて夕闇につつまれていくまで、そのままリクライニングシートに横になって、空と海の色調の変化を眺めた。辺りが暗くなってから、部屋に帰って服を着替えレストランに行った。

カウアイでは、「いま、ここ」に在ることの大切を感じた。「死は自分に属さない」という言葉を深く実感した。生と死を思い煩うのでなく、ただひたすら「いま、ここ」を生きようと思った。

カウアイを去る日の朝、早起きしてこの旅の記録を書いた。その最後に、「何せうぞ、くすんで　一期は夢よ、ただ狂へ」という『閑吟集』の一節を書いて、口の中でブツブツ唱えた。

「なに、どうかした？」妻が私の声に反応した。

「うん、生き返って、まるで五十年若返ったみたいや」妻にそう言うと、妻は鼻の頭にしわを寄せて私を見た。そして笑って言った。「ちょっと五十年は言い過ぎのようだけど……」

窓の下に広がる海の碧を見、どこまでも続く波音を思った。M子の魂は、もう二度と私の胸の高さにはもどってこないだろうか、と自問した時、体の中心から瘧《おこり》のような身震いがわき起こった。

遠い過去、遠い記憶。

佐々木幹郎

懐かしい本である。書かれた直後に、わたしにとって「懐かしい」書物になるというのは滅多にないことだ。本書の著者・平田豪成は一九四八（昭和二三）年生まれ。日本の敗戦直後の貧しい時代を経て、一九五〇年代の朝鮮戦争以降の高度経済成長期に青春期を迎えた、典型的な団塊の世代の一人である。

著者の青春時代には、第二次大戦以降の東西冷戦が続いていたことを忘れてはならないだろう。同時に、日本では石炭から石油に転換していくエネルギー革命の時代であって、一九五〇年代の三井三池炭鉱で激しい労働争議があり、一九六〇（昭和三五）年には、日米安保条約反対闘争で、国会前にいた全学連の隊列のなかで東大生・樺美智子が亡くなるという事件があった。戦後の学生運動のなかでの最初の死者であった。しかし、それらは団塊の世代にとっては、一世代上の兄や姉たちの闘争であって、激しい労働運動や学生運動はテレビニュースなどで見ても、何が起こっているのかわからないままだったはずだ。いや、テレビが一般家庭に普及し始めるのは、団塊の世代が小学校の高学年になってからだ。そして、その頃ようやく知るのである。自分たちが上の学年よりも、恐ろしく人数の多い学年であることを。四七年、四八年生まれは、戦後最初のベビーブームの世代だった。

四七年生まれのわたしと著者とは、まさしくそのベビーブームのなかで生まれたのであり、小学、中学、高校、大学と、学校教育のなかでは、教室が足りず、受験は狭き門となり、どこに行っても同世代の人数は過剰で、行き場のないエネルギーは、既成の枠の外にあふれる以外になかった。

本書は著者のライフヒストリーであると同時に、フィクションを交えた小説でもある。本書を読むと、著者と同じ時代に育ち、同じ空気を吸って生きてきたという思いが膨らむ。わたしは二十代で初めて著者と出会った。大学を離れ、それぞれ離れた場所に住み、異なった仕事に就き、あっという間に半世紀が経った。本書にはわたしが本名で登場し、わたしの昔の詩作品も引用されているので、むず痒い思いがするが、そのむず痒さは、お互いが青春時代に引っかきあった爪痕を、掻いているような感触なのだ。

実際に、長い間つきあいがなくても、どちらかが声をかけると、今でも彼とはたちまちのうちに二十代の感覚に戻ってしまう。幼なじみに似た親和感がある。そんな感情が持続するのは、この半世紀に二人ともさまざまな事件に遭遇したが、そのたびにどんなことがあっても、生きること、生き延びる方法を探りあい、お互いが見つけたその方法を認めあってきたからである。

わたしたちの出会いのきっかけには、一九六〇年代後期のベトナム反戦運動、大学闘争があった。わたしたちが出会ったとき、著者は大阪の大学で反戦運動を始めたばかりで、またたく間に運動のリーダーになっていた。わたしは彼よりも少し早く、大阪の高校で反戦運動に参加していた。

ベトナム戦争は一九五四年、アメリカがベトナムに軍事介入して始まり、七五年にアメリカの敗北で終わった戦争だ。一九六七年一〇月八日、当時の日本の首相は羽田空港から南ベトナムのサイゴン（現ホーチミン）に向かおうとしていた。それは日本のベトナム戦争への加担であるとして、その出発を阻止し、戦争反対の意志表示をするために、学生、労働者、市民たちが羽田に集まった。これを第一次羽田闘争と呼んでいる。機動隊との激しい衝突があり、その闘いのなかで羽田空港に通じる弁天橋の上で、京大一回生の山﨑博昭が機動隊の警棒で撲殺された。六〇年の樺美智子の死後、二番目の学生運動のなかでの死者であった。

山﨑博昭の死は、当時の全国の学生に衝撃を与えた。とりわけわたしにとっては、大阪の高校で二年生のときに同級で、彼を反戦運動に誘った一人でもあったので、衝撃は深かった。高校時代から詩を書いていたわたしは、彼の死を追悼する「死者の鞭」と題した長篇詩を書き、発表したのは一九六八年春。そのときわたしは京都の大学にいた。だから、一九六七年に大阪の大学に入学し、山﨑の死に衝撃を受けた著者とは、その後の関西の全学連のデモのなかで、何回か出会っていたはずだが、わたしには記憶がない。六八年の秋、わたしは党派闘争ばかりしている全学連の運動から離れた。そして、新たな政治思想、表現運動を求めて、ノンセクト・ラジカルと呼ばれる一群の活動家の一人になった。

わたしが著者と出会ったと明確に覚えているのは、一九六九年春頃だったと思う。彼のいる大学で、どういうきっかけだったか、わたしの友人がわたしの詩をめぐる講演会（という名前ばかりの会）を企画し、それに呼ばれて行ったとき、聴衆はたった一人、彼だけが来たのである。わたしは当時、その大学の学生運動を主導する全学連の党派を批判していたので、わたしの来訪を牽制するためにその党派のデモが講演会場の窓の下で繰り広げられたりした。だが、そのデモの一員であってもいいはずの、リーダー格の彼が一人で現れたので驚いた。こんなところに来ていいの？　と聞いたと思う。いいんだよ、あんなの。その一言で、たちまちのうちに打ち解けてさまざまな話をすることができた。すでに彼は私の山﨑博昭を追悼する詩「死者の鞭」を読んでいた。そこから始まった著者との交流史は、本書で書かれている通りである。

その後、著者が最初に同棲することになった女性（本書では「M子」）は、偶然にもわたしの高校三年のときの同級生であった。しかしわたしは何事も控えめでおとなしい印象を持つ彼女と、高校時代に声を交わしたことはなく、彼女が彼と一緒に暮し始めてからも、高校時代のことを話し合ったこともなかった。どうしてだろう、と本書を読みながら改めて不思議に思ったのだが、たぶん、わたし自身が自分の高校時代のことが恥ずかしかったのかもしれない。青春というのは、そのような恥に満ちているものだ。

彼女が突然亡くなったとき、著者に呼ばれてわたしは病院の地下室の棺の横にいた。何が起こったのか、何が原因だったのか、著者と同じように、わたしにもいまだにわからない。しかし、そのことを突き詰めることには、何の意味もないだろう。

人には語ることのできないもの、語ることで消えてしまうもの、黙っていることによって身体に溶け込み、そして、それをいつしか忘れることによって、生きる力を支えることのできるものがある。

著者にとって、彼女の死はそのようなものであった。語ることができないまま、いったん身体に溶け込んだものは、消えてしまったのではない。いつかふとした拍子で蘇る。その蘇りのプロセスをフィクションを交えて描いたのが本書『約束』である。

わたしがとりわけ好きなのは、本書冒頭の十八歳までの両親との関係を描いた箇所だ。ここには著者の美質とも言えるナイーブな抒情性が一本の細い糸のように揺らめいている。思い返すと、ここで描かれていることを、彼はわたしとの長いつきあいのなかで、語ったことがなかった。わたしは目を見張る思いで、彼の自伝とも言える本書の助走部分を読んだのである。おそらく、語る必要のないものとして、記憶の底に沈めていたに違いない。身体に溶け込んでいた幼年期から青年期にかけての時間の記憶が少しずつ解きほぐされていく過程が、フィクションを交えた物語となり、やがて勢いを増したとき、人生のなかで最も語ることのできないものとして、彼が心の奥底に秘めていた「M子」の死をめぐる物語の扉が、ゆっくりと開けられた。そのようになるまで、彼は待っていたのである。これまでとは違う言葉が浮かび出てくるまで。時間が別の言葉を用意してくれるまで。

語ることができる新たな言葉を待つために、彼が用意していたのは、中学時代に読んだレイモンド・チャンドラーであり、青年期のアーネスト・ヘミングウェイであり、あるいは「M子」の死以降に読んだ古井由吉などであった。どのようにかつては読んだか、年齢を経て読み返し、さらにどのように読み替えるか。

その間の、著者の沈黙の深さが重要だ。沈黙というのは大きな淵を持っているから、その沈黙の大きさの距離を言葉で計ることができる。

沈黙の大きさのなかには、「M子」の他に多くの死者がいることも、忘れてはならないだろう。本書で「I」というイニシアルで呼ばれている人生の恩師とも言える池内史郎、わたしが脚本を書き、著者がプロデューサーを務めた映画の監督・岩佐寿弥、その映画に出演していた俳優・和田周、かつてのノンセクト・ラジカルの活動家の一人だった文筆家・新木正人。本書に登場するこの誰もが、思いもよらないときに、時を経て急逝している。その死者たちもまた、著者の新しい言葉の誕生を待っていたはずだ。

思えば、日本の一九六〇年代後半から七〇年代というのは、何という変化に富んだ時代だっただろう。経済構造も社会構造も、激変につぐ激変であった。この時代に青春を通過した人間にとって、青春は、その渦中にいるときは不幸そのものだが、(いや、しばしば幸福とまぎらわしい顔つきをしているのでやっかいなのだが)、過ぎ去ってみると、人は自らの青春を救おうとすることで一生を終えることを知る。そして、多くの死者の声を抱くことで、青春は再び始まるのだ、ということを、本書は読者に鏡のように問いかけているのである。

引用文献

レイモンド・チャンドラー『大いなる眠り』双葉十三郎訳　創元推理文庫
アーネスト・ヘミングウェイ『われらの時代に』高村勝治訳　講談社文庫
アーネスト・ヘミングウェイ『日はまた昇る』高見浩訳　新潮文庫
佐々木幹郎『死者の鞭』構造社
谷川雁「原点が存在する」「或る光栄」「ゆうひ」『谷川雁の仕事I』河出書房新社
三島由紀夫「果たし得ていない約束――私の中の二十五年」サンケイ新聞昭和四十五年七月七日夕刊
三島由紀夫『豊饒の海』第二巻『奔馬』新潮文庫
古井由吉『杳子・妻隠』河出書房新社
佐々木幹郎「草原の犬」『悲歌が生まれるまで』思潮社
川口汐子・岩佐寿弥『あの夏、少年はいた』れんが書房新社
『スペイン内戦とガルシア・ロルカ』南雲堂フェニックス
H・M・エンツェンスベルガー『スペインの短い夏』野村修訳　晶文社
岩佐寿弥『映画する…』ガレガレ・ワークス　岩佐靄子発行
吉本隆明・糸井重里『悪人正機』新潮文庫
アーネスト・ヘミングウェイ『移動祝祭日』高見浩訳　新潮文庫
新木正人『天使の誘惑』論創社

〔著者〕
平田豪成（ひらた・ひであき）
1948年、広島県生まれ、1967年大阪大学法学部入学、同大学満期除籍。1974年～1976年、映画「眠れ蜜」プロデュース。1983年～2019年、滋慶学園グループで専門学校教育に従事。2017年より、神奈川県葉山町で、小学生の生きる力を育むアフタースクール「まなばんば葉山」を主催。著書に『コミュニケーション技法』（キャリア教育総合研究所）、『中退0の奇跡』（カナリア書房）、『子どもたちの生きる力を育む学び場』（キャリア教育総合研究所）など。

約　束

2021年1月10日　初版第1刷印刷
2021年1月20日　初版第1刷発行

著　者　平田豪成
装　丁　野村　浩
発行人　森下紀夫
発行所　論 創 社
〒101-0051　東京都千代田区神田神保町2-23　北井ビル
TEL:03-3264-5254　FAX:03-3264-5232　振替口座 00160-1-155266
WEB:http://www.ronso.co.jp

組版　フレックスアート
印刷・製本　中央精版印刷

ISBN978-4-8460-2016-3